Joachim Friedrich

BELLA und der Poltergeist

AMANDA

cbj

DER AUTOR

Joachim Friedrich, geboren 1953 in Oberhausen, studierte nach seiner Lehre zum Industriefachmann Volkswirtschaft und arbeitete als Professor für Betriebswirtschaftslehre und als Unternehmensberater. Die Wende kam, als er merkte, dass er Kinder zum Lachen bringen kann. Seitdem hat er viele Geschichten für Kinder und Jugendliche geschrieben. Mittlerweile ist Joachim Friedrich nur noch als freier Schriftsteller tätig. Er lebt mit seiner Frau und seinen Kindern im Ruhrgebiet.

Von Joachim Friedrich ist bei cbj erschienen:

»Amanda und die Detektive« (22137)
Circus Barrone und der Fluch des Papagei« (22139)
»Didi und die flüsternden Pferde« (22140)

Joachim Friedrich

BELLA und der Poltergeist

Mit Illustrationen

von

Edda Skibbe

cbj

cbj
ist der Kinder- und Jugendbuchverlag
in der Verlagsgruppe Random House

FSC
Mix
Produktgruppe aus vorbildlich bewirtschafteten Wäldern und anderen kontrollierten Herkünften

Zert.-Nr. SGS-COC-001940
www.fsc.org

Verlagsgruppe Random House FSC-DEU-0100
Das FSC-zertifizierte Papier
München Super Extra für dieses Buch liefert
Arctic Paper Mochenwangen GmbH.

1. Auflage
Erstmals als cbj Taschenbuch August 2010
Gesetzt nach den Regeln der Rechtschreibreform

Umschlag- und Innenillustrationen: Edda Skibbe
Umschlaggestaltung: Basic-Book-Design, Karl Müller-Bussdorf unter Verwendung der Originalgestaltung von Michael Kimmerle
MI · Herstellung: CZ
Satz: Buch-Werkstatt GmbH, Bad Aibling
Druck und Bindung: GGP Media GmbH, Pößneck
ISBN: 978-3-570-22138-9
Printed in Germany

www.cbj-verlag.de

Amanda X

»Amanda X – Hellseherin, Medium und Geisterbeschwörerin – Sprechstunde nach Vereinbarung«: So steht es an ihrer Haustür und Amanda X ist nun wirklich keine gewöhnliche Haushälterin. Eigentlich heißt sie Else Schmitz, doch ihre Freunde und Kunden kennen sie nur unter ihrem Künstlernamen: Als Amanda X veranstaltet sie zaubergalaktische Geisterkränzchen und liest die Zukunft je nach Wunsch aus Kaffeetassen oder Kristallkugeln. Zu einem Mandellikörchen sagt sie ungern Nein, aber am meisten Spaß macht ihr die Aufklärung von Kriminalfällen.

Sister X

Amanda besitzt nicht nur eine Kristallkugel, sondern auch ein Schaf. Genauer gesagt ein außerirdisches Schaf mit Sonnenbrille. Wenn Sister X nicht gerade auf Amandas Dachterrasse grast, unterstützt sie das zaubergalaktische Geisterkränzchen als Medium. Sister X hat den gleichen Wuschelkopf wie Amanda und die beiden sehen sich einfach zum Verwechseln ähnlich – wie Schwestern eben.

Ricki und Blümchen

Ricarda Kaminski, genannt Ricki, dünn, rothaarig, mit jeder Menge Energie und Sommersprossen, muss die Schule wechseln, weil ihr Vater wieder einmal versetzt wurde. Schon am ersten Schultag lernt sie Blümchen kennen, die eigentlich Julia Wolff heißt. Blümchen trägt am liebsten Blümchenröcke und weiße Blusen. Das ist zwar nicht angesagt, aber über Blümchen macht sich niemand lustig, denn sie trainiert mit ihrem Opa im Boxclub und ihre Linke ist allgemein gefürchtet.
Ricky und Blümchen haben nur noch Vater bzw. Mutter, was nicht immer einfach für sie ist. Dafür sind sie aber die besten Freundinnen!

Opa Schraube

Opa Schraube war Profiboxer und es wird gemunkelt, er sei schon in der Boxhalle geboren worden.
Fest steht, dass er Blümchens Opa ist und beste Verbindungen zu gewissen Kreisen unterhält …

Das zaubergalaktische Geisterkränzchen

Andere Damen im vorgerückten Alter mögen sich mit schlichten Kaffeekränzchen begnügen: Amanda X, Hedwig und Elsbeth, die unähnlichsten zweieiigen Zwillinge, die man sich vorstellen kann, und Eleonore Freifrau von Hoppenstedt veranstalten Geisterkränzchen, auf denen sie mit ihren verstorbenen Angehörigen plaudern. An der Aufklärung des Falles haben sie übrigens erheblichen Anteil …

Kommissar Kaminski und Frau Wolff

Kommissar Horst Kaminski ist nicht gerade eine Leuchte unter den Kripobeamten, auch wenn er alles tut, um seinem großen Vorbild Schimanski nachzueifern. Als ihm von seinen Kollegen dann aber noch vorgeworfen wird, er habe Dienstgeheimnisse ausgeplaudert, hat er erst mal die Nase voll von der Polizei. Zusammen mit Blümchens Mutter, Gerda Wolff, gründet er das Detektivbüro »Kaminski & Wolff«.

* 1 *

Drei Kerzen flackerten auf dem großen Tisch, der mitten im Zimmer stand. Der Schein der Kerzen beleuchtete die Gesichter der drei alten Damen nur schwach. Sister X stand neben dem Tisch. Die Flammen spiegelten sich in ihrer Sonnenbrille. Es war ein gespenstisches Bild. Irgendwo im Zimmer schnarchte es leise.

»Nun ist es so weit, meine Damen«, flüsterte Amanda X. »Konzentrieren Sie sich. Wir werden Kontakt zu den Verstorbenen aufnehmen.«

Einen Augenblick lang war es still, dann seufzten Hedwig und Elsbeth fast gleichzeitig.

»Hallo, Papa«, sagte Elsbeth. »Wie geht es dir?«

»Gefällt dir deine neue Harfe? Kommst du gut damit zurecht?«, fragte Hedwig.

Dann war es wieder einen Augenblick lang still.

»Ach, Papa!«, lachte Elsbeth auf. »Ich kann mir nicht vorstellen, dass deine alte Harfe gestohlen wurde! Du hast sie bestimmt wieder nur verlegt.«

»Ganz gewiss!«, gab Hedwig ihrer Schwester Recht. »Engel stehlen keine Harfen! Sonst wären sie doch keine Engel, oder?«

Wieder hörte man eine Weile nur das leise Schnarchen.

»Ach, Papa!«, rief Hedwig dann. »Nun reg dich doch nicht gleich wieder so auf. Du musst an deinen Blutdruck denken! – Ach, das ist im Himmel ja kein Problem mehr.«

»Willst du schon gehen?«, fragte Elsbeth nach einer Weile. »Deine Harfenprobe beginnt doch erst in einer halben Stunde!«

»Jetzt ist er weg«, sagte Hedwig leise. »Er wollte etwas früher zur Harfenprobe gehen, sonst sind die besten Plätze auf der Wolke besetzt.«

Das war zu viel! Gleichzeitig prusteten Blümchen und ich los.

Amanda drehte sich entsetzt zu uns um. »Ricki! Blümchen! Ihr habt mich fast zu Tode erschreckt! Seid ihr schon lange hier? Habt ihr euch heimlich hier hineingeschlichen?«

Ich schaltete das Licht an. Die vier alten Damen blinzelten uns verstört an. Nur Sister X schien das Licht nicht zu stören. Sie trug ja auch eine Sonnenbrille.

Es war unser erster Ferientag. Deshalb hatten Blümchen, meine beste Freundin, und ich zwar gute Laune, aber uns war auch langweilig. Ich wusste, dass sich Amanda an diesem Vormittag mit ihrem Geisterkränzchen treffen wollte.

Amanda ist eigentlich unsere Haushälterin. Sie ist zu uns gekommen, als wir wieder einmal umgezogen und in diese Stadt gekommen sind. Es stellte sich aber bald heraus, dass Amanda X, wie sie sich selbst immer nennt, mehr ist als eine einfache Haushälterin. Darüber hinaus ist sie noch Hellseherin, Medium und Geisterbeschwörerin. Jedenfalls behauptet sie das.

Ich glaube mittlerweile, ganz im Gegensatz zu Papa, dass das mehr als Angeberei ist. Und das liegt nicht nur an ihrem sonnenbebrillten, angeblich außerirdischen Schaf Sister X und ihrem ständig schnarchenden Kater. Er heißt Penelope, ist aber ein Kater. Amanda hatte der Name so gut gefallen.

Mindestens einmal pro Woche trifft sie sich mit den Zwillingen Hedwig und Elsbeth und mit Eleonore zu ihrem Geisterkränzchen, um mit den Verstorbenen, meistens mit dem Papa von Hedwig und Elsbeth, zu reden. Die beiden ungleichen Zwillinge, eine ist lang und dünn und eine ist kleiner und dafür etwas pummeliger, betreiben einen Hundesalon und eine Katzenpension. Eleonore, genauer Eleonore Freifrau von Hoppenstedt, ist eine echte Adelige, mit Schloss und allem Drum und Dran.

»Ich bin doch ein wenig irritiert«, sagte Eleonore in ihrer unnachahmlichen Art. »Die Kinder haben mich aus der Konzentration gebracht.«

»Entschuldigung!«, rief Blümchen gleich. »Wir wollten euch nicht stören, nur ein wenig zusehen. Aber es war so lustig, wie Elsbeth und Hedwig mit ihrem Papa gesprochen haben. Harfenprobe auf der Wolke!«

Und wieder mussten Blümchen und ich kichern.

»Das macht nichts«, sagte Amanda. »Ganz im Gegenteil. Ich freue mich, wenn ihr euch für unsere Séancen interessiert. Nicht wahr, meine Damen?«

Hedwig, Elsbeth und Eleonore nickten uns huldvoll zu.

Während sich die Damen von Amandas Geisterkränzchen ihre Mäntel anzogen, suchten Blümchen und ich nach Penelope. Wir mussten ihn wecken, damit er essen konnte.

»Ach, das hätte ich ja beinahe vergessen!«, rief Eleonore schon im Hinausgehen. »Ich habe Ernst Satt und seine Frau Bella bei einem Wohltätigkeitsfest getroffen. Sie haben uns für das nächste Wochenende eingeladen. Sie wollen sich dafür bedanken, dass wir ihnen den Familienschmuck wiederbeschafft haben. Ernst Satt war sehr daran interessiert, euch alle näher kennen zu lernen – vor allem dich, Amanda. Wahrscheinlich liegt es daran, dass ich ihm von unseren Séancen erzählt habe.«

»Sind wir alle eingeladen?«, rief ich. »Auch wir?«

Eleonore lächelte uns an. »Sicher! Ohne euch wären uns die Diebe doch entwischt!«

Das war doch was! Ein Wochenende bei stinkreichen Fabrikbesitzern! Und dass wir auch eingeladen wurden, war nur gerecht. Blümchen hatte nämlich die Sache mit dem Familienschmuck der Satts durch einen gezielten Faustschlag beendet. Blümchen, sie heißt eigentlich Julia Wolff, trägt immer Blusen und Blümchenröcke, was ihr auch ihren Spitznamen eingebracht hat. Sie tut wirklich keiner Fliege etwas zu Leide, aber wenn sie zuschlägt, sehen ihre Gegner Sterne und hören die Vöglein zwitschern. Das hat mit ihrem Hobby zu tun. Schon als sie noch ganz klein war, hat sie Opa Schraube, das ist Blümchens Opa, in seinen Boxclub mitgenommen. Er und seine Freunde Günter, Willi und Walter haben ihr dort das Boxen beigebracht.

»Wir sind zum Abendessen eingeladen und werden dort übernachten«, erzählte Eleonore weiter. »Am nächsten Morgen will uns Herr Satt dann seine Fabrik zeigen.«

Ich wusste zwar, dass Ernst Satt, dessen gestohlenen Familienschmuck wir wieder gefunden hatten, ein ziemlich reicher Fabrikbesitzer war, aber ich hatte keine Ahnung, um was für eine Fabrik es sich handelte.

»Was macht er denn in seiner Fabrik?«, fragte ich deshalb.

»Schokoladenbonbons«, antwortete Eleonore.

»Damit kann man reich werden?«, fragte Elsbeth.

Eleonore nickte. »Wenn man genug davon verkauft. Die Fabrik ist von Bellas Urgroßvater gegründet worden. Bis vor ein paar Jahren hat sie ihr Vater, August Riese, geleitet.«

»Riese-Bonbons – die schmecken riesig!«, rief Blümchen.

»Die Bonbons mit dem Geheimrezept!«, ergänzte ich. In der Fernsehwerbung kennen wir uns aus. Die Riese-Bonbon-Werbung lief auf fast allen Kanälen. Jetzt wunderte ich mich nicht mehr darüber, dass die Familie Satt reich war. Blümchen und ich stehen zwar mehr auf Gummibärchen, aber die Schokobonbons von Riese hatten wir auch schon gegessen. Die schmeckten wirklich nicht schlecht.

»Und nun gehört die Fabrik Ernst Satt?«, fragte Amanda.

»Der alte Riese hat sie ihm vor ein paar Jahren übergeben«, antwortete Eleonore. »Es hat mich auch gewundert, dass sein Schwiegersohn und nicht seine Tochter sie bekommen hat. Aber man hört Gerüchte, dass das Verhältnis zwischen Vater und Tochter nicht ganz ohne Probleme sein soll. Na ja, vielleicht erfahren wir ja am Wochenende mehr.«

Ich konnte Elsbeth, Hedwig, Eleonore und auch Amanda deutlich ansehen, dass sie sich schon darauf freuten, mehr Familientratsch der Satts zu erfahren.

Nachdem Amandas Geisterkränzchen gegangen war, machten Blümchen und ich uns auf den Weg in Amandas Küche. Heute hatte Frau Wolff, Blümchens Mutter, ausnahmsweise das Kochen übernommen.

Amanda brachte Sister X auf die Weide, die sie ihr auf der Dachterrasse ihres riesigen Hauses angelegt hatte. Amandas Haus ist wirklich unglaublich groß. Wir wohnten nun schon eine ganze Weile dort, aber Blümchen und ich entdeckten immer noch etwas Neues darin.

Gerda Wolff empfing uns mit grimmigem Gesicht.

»Heute gibt es nur einen Salat!«, schimpfte sie. »Und dabei hatte ich mir ein so schönes Rezept herausgesucht, wenn ich schon einmal koche.«

»Der Herd funktionierte nicht mehr richtig«, sagte Opa Schraube, der mit schuldbewusstem Gesicht am Esstisch saß.

»Und nun funktioniert er überhaupt nicht mehr!«, rief seine Tochter. »Vater! Wie oft habe ich dir schon gesagt, du sollst nichts reparieren!«

»Ist wieder eine Schraube übrig geblieben?«, fragte Blümchen und zwinkerte mir zu. Opa Schraube repariert für sein Leben gern alle möglichen Sachen. Leider bleiben anschließend immer ein paar Schrauben übrig. Das muss wohl schon immer so gewesen sein, denn auch seine alten Schulfreunde Günter, Willi und Walter nennen ihn deshalb nur »Schraube«.

»Soll ich mir den Herd mal ansehen?«, fragte Amanda und kniete auch schon davor. In dem Augenblick kam Sister X in die Küche und stellte sich neben sie.

»Machen Sie nur nichts kaputt!«, rief Opa Schraube. Ehe wir uns versahen, kniete er auch neben Amanda.

»Was funktioniert denn nicht?«, fragte Amanda.

»Er wird nicht mehr richtig heiß«, antwortete Opa Schraube. »Aber sie bekommen das auch nicht wieder hin. Kümmern Sie sich lieber um Ihre Geister.«

»Das werden wir ja sehen!«, rief Amanda, öffnete die Klappe des Backofens und steckte den Kopf hinein. Opa Schraube und Sister X taten es ihr nach.

»Ich sehe nichts!«, rief Amanda. »Es ist so dunkel!«

»Kein Wunder!«, seufzte Frau Wolff. »Wenn ihr zu dritt in dem Backofen steckt, muss es ja dunkel darin sein! Nun kommt zum Essen, Kinder.«

»Salat ist gesund«, sagte Amanda, während sie sich ächzend und stöhnend erhob.

Gerda Wolff stellte die Salatschüssel auf den Tisch. »Es ist zwar nicht viel, aber für heute muss es reichen.«

»Macht nichts«, sagte Amanda. »Dafür werden wir ja am Wochenende verwöhnt.«

»Am Wochenende? Was ist am Wochenende?«, fragte Papa. Er war bei Amandas letzten Worten zur Tür hereingekommen.

»Sie sind schon wieder da?«, fragte Frau Wolff erstaunt. »Hat der Vertreter schon Feierabend gemacht?«

»Na ja«, sagte Papa gedehnt. »Eigentlich nicht so richtig. Wenn man es genau nimmt, habe ich ihn irgendwie aus den Augen verloren.«

»Ist nicht so schlimm!«, rief Gerda Wolff schnell. »Dann flunkern wir halt ein wenig in unserem Bericht.«

Bis vor ein paar Wochen war Papa noch Kommissar bei der Kriminalpolizei. Doch dann wurde er verdächtigt ein paar Typen, die einen illegalen Spielsalon betrieben, vor der Polizei gewarnt zu haben. Schließlich wurde er sogar verhaftet und ins Gefängnis gesteckt. Papa war nie ein besonders guter Polizist gewesen, aber das ging dann doch entschieden zu weit.

Zum Glück konnten wir ihn im wahrsten Sinne des Wortes herausboxen. Als ihn sein Chef dann wieder bei der Polizei einstellen wollte, hatte Papa keine Lust mehr. Amanda hatte nämlich den Vorschlag gemacht, dass wir alle zusammen ein Detektivbüro eröffnen könnten. Und so wohnen wir nun gemeinsam in Amandas großem

Haus: die Wolffs, Amanda, Papa und ich, jeder in seiner eigenen Wohnung. Und es ist sogar immer noch eine Wohnung für das Detektivbüro übrig.

»Ich finde diesen Auftrag sowieso idiotisch«, sagte Papa und schob sich ein Radieschen in den Mund.

»Aber er bringt Geld«, erwiderte Gerda Wolff. »Wenn wir den Vertreter vier Wochen lang beobachten, sind das fünf Arbeitstage pro Woche, also zwanzig Tagessätze, plus Spesen. Das macht – wartet mal …«

»Und das alles nur, weil sein Chef ihn verdächtigt nicht zu den Kunden zu gehen, sondern in Cafés herumzusitzen!«, lachte Opa Schraube. »Es ist unglaublich, wofür die Leute Geld ausgeben!«

Ehrlich gesagt hatte ich mir das Leben eines Privatdetektivs auch aufregender vorgestellt. Das, was man immer in den Fernsehserien sehen konnte, hatte mit der Wirklichkeit so gut wie nichts zu tun. Den Vertreter zu beobachten war fast der spannendste Auftrag, den wir bisher bekommen hatten. Meistens mussten wir Zeugen von Autounfällen suchen oder Leute ausfindig machen, die etwas geerbt hatten.

»Vielleicht können uns ja die Satts zu ein paar schönen Aufträgen verhelfen«, meinte Amanda.

»Ernst Satt?«, rief Papa. »Wie kommen Sie denn darauf?«

»Das ist aber nett von Herrn und Frau Satt«, freute sich Frau Wolff, nachdem Amanda von der Einladung berichtet hatte.

»Ich weiß nicht«, nuschelte Opa Schraube, der wie immer einen Zigarrenstummel im Mundwinkel stecken hatte. »Das wird bestimmt alles sehr steif und förmlich bei so feinen Pinkeln. Und ich muss wieder eine Krawatte umbinden!«

»Es tut dir ganz gut, dich wieder einmal vernünftig zu kleiden, Vater«, sagte Frau Wolff. »Außerdem hat Amanda Recht. Man weiß nie, wozu man Beziehungen zu solchen Leuten einmal brauchen kann.«

»Glaubst du, die Satts könnten uns mit einem Fall beauftragen, Mama?«, fragte Blümchen.

Frau Wolff zuckte mit den Schultern. »Das weiß ich nicht, aber es würde schon helfen, wenn sie in ihren Kreisen ein wenig Werbung für uns machten.«

»Ich freue mich auf jeden Fall schon auf das Wochenende!«, rief Amanda und rieb sich die Nase. »Mein Riecher sagt mir, dass es sehr interessant werden wird!«

✶ 2 ✶

Die restlichen Tage bis zum Wochenende hatten Blümchen und ich uns ausgemalt, wie das Haus der Satts wohl aussehen würde. Ob es genauso groß war wie das Schloss von Eleonore? Bestimmt hatte es viele Zimmer, denn wir sollten ja alle dort übernachten.

Als wir dann wie in einer Karawane, mit Eleonores Rolls-Royce an der Spitze und Amandas Bubi am Schluss, die lange Kiesauffahrt zum Anwesen der Satts hinaufknirschten, wurden unsere Erwartungen noch übertroffen. Dieses Haus war viel größer als Eleonores Schloss.

Vor der großen Eingangstreppe hielten wir. Als Amanda Bubi abstellte, klingelten mir die Ohren. Bubi ist Amandas Motorrad mit Beiwagen. Es ist eine alte Harley Davidson und sie macht mehr Lärm als zehn Traktoren. Aber Blümchen und ich können uns kaum etwas Schöneres vorstellen, als mit Amanda und Bubi in der Gegend herumzufahren. Allerdings sitzt Blümchen lieber bei Sister X im Beiwagen. Mir ist das ganz recht so, denn ich habe, ehrlich gesagt, wenig Lust mit einem

Schaf zusammen in einem Motorradbeiwagen zu sitzen. Papa hatte noch versucht Amanda davon zu überzeugen, Sister X auf ihrer Weide zu lassen. Aber Amanda bestand darauf, sie mitzunehmen.

»Schließlich hat sie auch mitgeholfen den Schmuck der Satts wieder zu finden«, meinte sie.

»Das Anwesen hat Ernst Satt vor ein paar Jahren von Graf Bollerstein gekauft und von Grund auf renoviert. So habe ich ihn überhaupt erst kennen gelernt«, erklärte uns Eleonore, als wir die Treppe zur riesigen Eingangstür hinaufgingen.

»Ach ja, Graf Bollerstein«, seufzte sie, während sie die Türglocke betätigte. »So ein gebildeter und gut aussehender Mann. Leider total verarmt, der Gute.«

Wenige Augenblicke später öffnete uns eine Frau. Sie trug ein schwarzes Kleid und ein kleines, weißes Spitzenhäubchen.

»Frau von Hoppenstedt!«, rief sie, als sie Eleonore erkannte, und machte einen Knicks. »Schön, Sie wieder einmal zu sehen! Sind das Ihre – ähem, Bekannten?«, fragte sie dann mit leicht säuerlichem Gesicht und zeigte mit dem Kopf auf uns.

»Ja, meine liebe Beatrice«, antwortete Eleonore. »Das sind Amanda X und ihre Detektive!«

Anscheinend sah man uns gleich auf den ersten Blick an, dass wir nicht zu den »Kreisen« gehörten, die üblicherweise hier ein und aus gingen, obwohl wir uns sehr viel Mühe gegeben hatten. Gerda Wolff hatte fast den ganzen Nachmittag im Bad verbracht und auch Papa hatte sich einen dunklen Anzug angezogen. Die Hose war zwar ein wenig kurz, aber ich fand, er sah prima darin aus. Vor allem auch deshalb, weil ich gerade noch hatte verhindern können, dass er zwei verschiedenfarbige Socken anzog. Opa Schraube hatte sich unter Protest eine Krawatte umgebunden. Auf seinen Zigarrenstummel wollte er allerdings nicht verzichten.

Amanda, Hedwig, Elsbeth und Eleonore trugen lange Kleider und sogar Opa Schraubes Boxfreunde Willi, Walter und Günter hatten sich in Schale geworfen.

Beatrice wollte uns gerade hereinbitten, da fiel ihr Blick auf Sister X.

»Was ist das denn?«, rief sie entsetzt.

»Das ist ein Schaf«, antwortete Amanda. »Genauer gesagt ein außerirdisches Schaf. Darum trägt es auch eine Sonnenbrille. Und ich bin Amanda X, Hellseherin, Medium und Geisterbeschwörerin. Und bevor Sie danach fragen, das, was da auf meinem Arm schnarcht, ist Penelope, mein Kater und Ersatzmedium.«

»Ein Schaf wurde mir nicht angekündigt«, sagte Beatrice kühl. »Der gnädige Herr wird sicher kein Schaf im Speisezimmer dulden.«

Nach einigem Hin und Her schlug Amanda vor, dass Sister X auf der Wiese vor der Treppe bleiben sollte. Beatrice und Sister X waren damit einverstanden.

Nachdem wir unsere Jacken und Mäntel ausgezogen und unser Gepäck abgestellt hatten und Penelope auf der Hutablage der Garderobe eingeschlafen war, führte uns die Frau mit dem weißen Häubchen durch eine Halle, die unserem Bahnhof Konkurrenz machte.

»Beatrice ist das Hausmädchen der Satts«, flüsterte uns Eleonore zu. »Satt hat sie übernommen. Vorher war sie viele Jahre in Diensten der Bollersteins. Sie ist allerdings die Einzige, die übrig geblieben ist. Wie man hört, bekommt sie aber nur das halbe Gehalt. Entweder sie hat einen Narren an Ernst Satt gefressen oder sie ist nicht mehr ganz richtig im Kopf. Dem übrigen Personal des Grafen hat Satt gekündigt. Stattdessen lässt er nun eine Reinigungsfirma kommen und bestellt das Essen aus einem Restaurant«, fügte sie hinzu und hob missbilligend eine Augenbraue. »Dieser Mann hat einfach keinen Stil!«

»Irgendwo habe ich diese Beatrice schon einmal gesehen«, sagte Walter, der neben uns ging, leise. »Aber ich kann mich nicht daran erinnern, wann und wo das war. Vielleicht liegt es an diesem komischen Häubchen, das sie trägt. Aber mir fällt es bestimmt wieder ein.«

»Die Herrschaften warten in der Bibliothek«, verkündete Beatrice und öffnete eine Tür, die so hoch war, dass sie kaum an die Klinke herankam.

Im Gänsemarsch marschierten wir, allen voran Eleonore, an Beatrice vorbei in die Bibliothek.

Eleonore breitete die Arme aus und stürmte auf eine Frau zu. Sie musste etwa so alt wie Gerda Wolff sein. Sie war sehr hübsch, sah allerdings irgendwie traurig aus, fand ich. Neben ihr stand ein Mann, der fast doppelt so

groß war wie die Frau. Er hatte die Hände in den Hosentaschen vergraben und grinste über das ganze Gesicht. Das musste Ernst Satt sein. Ich hatte ihn noch nie gesehen, denn als die Polizei ihm den Schmuck wiedergebracht hatte, waren Blümchen und ich nicht dabei gewesen.

»Bella, meine Liebe!«, säuselte Eleonore und gab ihr ein Küsschen links und ein Küsschen rechts.

Der Mann neben Bella Satt räusperte sich. »Schön, dass Sie kommen konnten, Frau Hoppenstedt«, rief er mit einer Stimme, die sogar den Lärm bei einem Boxkampf übertönt hätte. »Es freut mich sehr, dass Sie alle gekommen sind. Die anderen Gäste sind noch in ihren Zimmern, aber sie werden sicher gleich erscheinen!«

Andere Gäste? Davon hatte Eleonore nichts gesagt. Ich war gespannt, wen Herr und Frau Satt noch eingeladen hatten.

Herr Satt griff Eleonores Hand, verbeugte sich und gab ihr einen Handkuss.

»Es ist uns eine große Ehre, *lieber* Herr Satt!«, säuselte Eleonore noch etwas süßer und zog ihre Hand weg.

Mir wurde allmählich klar, was Opa Schraube gemeint hatte, als er sagte, dass es bei den Satts bestimmt steif und förmlich zugehen würde. Ich erwischte mich dabei, dass ich an mir heruntersah, um zu prüfen, ob ich vielleicht einen Flecken auf meinem Kleid hatte oder meine Strümpfe verrutscht waren. Zur Feier des Tages hatte ich auf meine vergammelte Motorradlederjacke und meine Jeans verzichtet. Mein rotes Cap, ohne das ich nie aus dem Haus gehe, hatte ich mitgenommen. Aufsetzen durfte ich es nicht. Blümchen hatte es da besser getroffen. Sie durfte anziehen, was sie immer trug: eine weiße Bluse und einen Blümchenrock.

Eleonore stellte uns einen nach dem anderen vor. Zum Schluss waren wir an der Reihe.

»Das ist Ricarda, die Tochter von Herrn Kaminski, und ihre Freundin Julia, die Tochter von Frau Wolff.«

»Aha!«, rief Herr Satt mit donnernder Stimme und

beugte sich zu Blümchen herunter. »Du bist die Boxerin. Stimmt's?«

»Ja«, sagte Blümchen nur und lief knallrot an. Es ist ihr immer peinlich, wenn jemand sie auf ihr Hobby anspricht. Ich verstehe das nicht. Ich wäre froh, wenn ich etwas Besonderes könnte, mit dem sich ein wenig angeben ließe. Außerdem wäre ich gern etwas größer, nicht so dünn und hätte lieber nicht ganz so knallig rote Haare.

»Darf ich den Gästen jetzt ihre Zimmer zeigen, Herr Satt?«, hörte ich eine Stimme hinter mir. Ich zuckte zusammen. Es war Beatrice. Sie war ohne jedes Geräusch hereingekommen. Wahrscheinlich lernt man das, wenn man Hausmädchen bei einem Grafen ist.

»Nein, lassen sie nur, Beatrice!«, dröhnte Herr Satt. »Das mache ich schon selbst.«

»Ganz wie Sie wünschen, Herr Satt«, sagte Beatrice unterwürfig und schlich wieder hinaus.

»Die gute Beatrice«, meinte Herr Satt, während wir im Gänsemarsch hinter ihm die breite Treppe zum ersten Stockwerk hinaufstiefelten. »Sie liest mir jeden Wunsch von den Augen ab. Leider gibt es nicht mehr viele solche Angestellte, nicht wahr, *liebe* Frau Hoppenstedt?«

»In der Tat, *lieber* Herr Satt«, sagte Eleonore und verdrehte die Augen hinter seinem Rücken.

Das Haus, durch das uns Herr Satt mit vor Stolz geschwellter Brust führte, war wirklich toll. Die Einrichtung musste ein Vermögen gekostet haben. Ernst Satt machte keinen Hehl daraus, wie viel er für die einzelnen Sachen bezahlt hatte.

Vor dem Zimmer, in dem Blümchen und ich schlafen sollten, blieb er stehen und zeigte auf ein Knäuel aus rostigem Draht. »Und das, meine Lieben, ist die Skulptur eines französischen Künstlers. Hat mich fast hunderttausend Mark gekostet! Aber in ein paar Jahren wird sie garantiert das Doppelte wert sein.«

»Hoffentlich hört der bald mit der Angeberei auf«, flüsterte Blümchen mir zu. »Ich will endlich unser Zimmer sehen.«

»Und das ist das Zimmer der jungen Damen«, sagte er mit einer ausholenden Handbewegung.

Als Blümchen und ich hineinsahen, blieb uns die Spucke weg. Das war kein Zimmer, das war ein Saal! An der Decke hing ein Kronleuchter. Überall standen kleine Tischchen, Schränke und Kommoden. Das Beste aber waren die zwei Himmelbetten, in denen unsere ganze Schulklasse hätte schlafen können.

»Ist das wirklich unser Zimmer?«, fragte Blümchen mit leuchtenden Augen.

»Sicher!«, rief Herr Satt lachend. »Ist was anderes als eine Polizistenwohnung, wie? Aber wartet erst, bis ihr die anderen Zimmer gesehen habt! Alles nur vom Feinsten!«

Ich sah zu Papa. Er schien überhaupt nicht mitbekommen zu haben, dass Herr Satt sich gerade über ihn lustig gemacht hatte. Er staunte nur mit offenem Mund über den Prunk in unserem Zimmer. Wahrscheinlich war es auch besser so. Zumindest wurde ihm nicht gleich zu Anfang das Wochenende verdorben.

In einem hatte Herr Satt aber Recht. Die anderen Zimmer waren noch prunkvoller und ebenfalls mit wertvollen Möbeln voll gestopft. Als wir endlich alle Zimmer gesehen hatten, wussten wir fast auf die Mark genau, was die Einrichtung gekostet hatte. Schließlich kamen wir in das »Speisezimmer«, wie Herr Satt sagte.

Dort bestand die Einrichtung nur aus einem langen Tisch mit einer blütenweißen Tischdecke. Darauf funkelten jede Menge Silberbesteck und Kristallgläser. In einer Ecke des Zimmers waren einige kleinere Tische aufgebaut. Darauf standen Töpfe, Pfannen, silberne Tabletts und Wärmebehälter, aus denen es verführerisch duftete.

»Um das Essen kümmern sich die Leute vom Restaurant Löwe«, sagte Herr Satt und zeigte auf drei Männer, die sich hinter den kleinen Tischen aufgebaut hatten. Sie trugen Kochmützen auf dem Kopf und hatten lange weiße Schürzen umgebunden. »Es ist das beste Restaurant der Stadt – und das teuerste!«

Als ich näher an den Tisch heranging, fiel mir auf, dass an jedem Platz ein Kärtchen mit unseren Namen stand. Blümchen und ich saßen nebeneinander am Kopf des Tisches.

Gleich neben uns saßen Herr und Frau Satt, und ihnen gegenüber Amanda, Gerda Wolff und Papa. Die anderen mussten sich mit den schlechteren Plätzen begnügen.

Als wir endlich alle auf den richtigen Stühlen saßen, öffnete sich die Tür und Frau Satt kam mit drei Männern herein. Das mussten die anderen Gäste sein, von denen Herr Satt gesprochen hatte.

»Ah! Da sind sie ja!«, freute sich Herr Satt und stand auf. »Bella, meine Liebe, setz dich schon einmal auf deinen Platz.«

Das hörte sich mehr nach einem Befehl als nach einer Bitte an. Ohne Widerspruch tat Frau Satt, wie ihr geheißen wurde. Sie ging zu ihrem Platz, setzte sich und sah auf die Tischdecke vor sich. Sie schien noch schüchterner als meine Freundin zu sein, und das will schon etwas heißen. Aus den Augenwinkeln sah ich, dass Blümchen sie beobachtete.

Ernst Satt ließ mir keine Zeit zum Nachdenken. Er stellte die drei Männer vor, mit denen Frau Satt ins Speisezimmer gekommen war.

»Das hier ist mein lieber Schwiegervater, August Riese«, sagte er und zeigte auf einen kleinen, älteren Mann mit einem lustigen Zwirbelschnauzer und Glatze.

Wenn man sich den Schnauzer weg- und ein paar Haare hinzudachte, hatten Herr Riese und seine Tochter wirklich viel Ähnlichkeit.

»Es freut mich wirklich sehr, dass Sie alle gekommen sind«, sagte der kleine Herr Riese zu uns. Die Stimme von Herrn Riese war viel leiser als die von Ernst Satt. Trotzdem verstand man jedes Wort. Ihn konnte ich mir sehr gut als den Chef einer großen Fabrik vorstellen.

»So kann ich mich auch noch einmal bei Ihnen für die Wiederbeschaffung des Schmucks meiner Tochter bedanken«, fuhr er fort. »Sie müssen nämlich wissen, dass einige Erbstücke dabei waren, die schon meine Großmutter getragen hat. Ihr Erinnerungswert ist mit Geld nicht aufzuwiegen.«

»Und neben meinem Schwiegervater, das ist mein langjähriger Rechtsanwalt, Dr. Gerhard von Scheinheim«, fuhr Ernst Satt mit der Vorstellung fort. »Er hat mir sehr geholfen die Sache mit der Versicherung zu regeln.«

»Die Versicherung hat sich natürlich gefreut das Geld wiederzubekommen«, sagte Herr von Scheinheim schnell und lachte gackernd. Dabei zuckte sein Gesicht. Der Typ schien ziemlich nervös zu sein.

»So, und nun können wir endlich mit dem Essen beginnen«, sagte Ernst Satt. »Sie haben bestimmt schon Hunger.«

»Wer ist denn der junge Mann neben Herrn von Scheinheim?«, fragte Amanda.

Ernst Satt drehte sich um. »Ach ja, Entschuldigung. Das ist mein neuer Assistent, Klaus Liebherr. Den hatte ich ganz vergessen. Ich habe ihn heute Abend auch eingeladen. Eine kleine Belohnung für seine vielen Überstunden. Außerdem kann er Beatrice morgen beim Frühstück ein wenig zur Hand gehen. Da sind die Leute vom Restaurant Löwe nicht mehr hier und sie ist mit so vielen Gästen ein wenig überfordert.«

Klaus Liebherr nickte und lächelte gequält. Er sah aus, als hätte er auf diese Einladung gern verzichtet.

Als die drei zu ihren Plätzen gingen, sah Bella Satt ihnen nach und ein Lächeln huschte über ihr Gesicht. Ich konnte es genau sehen. Ob das Lächeln einem von den dreien gegolten hatte? Außer mir hatte es anscheinend niemand bemerkt. Sie hatte sich auch gleich wieder gefangen und sah wie gebannt auf ein leeres Weinglas vor ihr.

Als Herr Liebherr an unseren Plätzen vorbeikam, blieb er stehen und beugte sich zu uns herunter.

»Ich habe von eurem schlagkräftigen Einsatz gegen die Schmuckräuber gehört«, sagte er leise und lächelte uns an. »Das war nicht schlecht. Herzlichen Glückwunsch.«

»Äh, danke«, stotterte ich.

Blümchen sagte gar nichts. Sie starrte ihn nur mit offenem Mund an und wurde knallrot. Aber mir ist auch ziemlich warm geworden, wenn ich ehrlich bin.

»Der ist nett, oder?«, flüsterte ich Blümchen zu, als Herr Liebherr schon auf seinem Platz saß.

Blümchen nickte. »Viel zu nett für diesen Angeber.«

Als wäre das ein Stichwort für ihn gewesen, stand Herr Satt auf, klopfte mit einer Gabel an ein Weinglas und hielt eine Rede. Darin bedankte er sich noch einmal bei uns und vergaß nicht zu erwähnen, wie wertvoll der Schmuck sei, den wir wiederbeschafft hatten. Dann endlich traten die drei Köche des Restaurants in Aktion. Das Essen schmeckte wirklich super. Manchmal kam es sogar an die Kochkünste von Amanda heran. Und das will eine Menge heißen!

Während des Essens wurde über dies und das geredet, meistens sprachen alle gleichzeitig und durcheinander. Kaum hatten wir unseren Nachtisch verputzt, stand Herr Satt noch einmal auf und klopfte mit einer Gabel an ein Glas.

»Den Kaffee und den Kakao für die jungen Damen wird uns Beatrice in der Bibliothek servieren!«, verkündete er.

»Haben Sie vielleicht auch ein Mandellikörchen?«, fragte Amanda.

»Aber sicher!«, dröhnte Herr Satt. »In meiner Bar gibt es alles, was das Herz begehrt!«

»Fein!«, freute sich Amanda. »Zaubergalaktisch, wenn ich das sagen darf.«

»Sie können in der Zwischenzeit Ihr Gepäck auf Ihre Zimmer bringen«, fuhr Herr Satt fort. »Wir treffen uns dann in der Bibliothek. Dort wartet eine kleine Überraschung auf Sie, meine Liebe«, sagte er dann und zwinkerte Amanda zu.

* 3 *

Blümchen und ich waren noch in unserem Zimmer herumgehüpft und hatten uns alles genau angesehen. Jeden Schrank und jede Schublade hatten wir untersucht. Als wir schließlich die Treppe hinuntergingen, sah ich auf die Uhr. Wir waren fast eine halbe Stunde in unserem Zimmer gewesen. Bestimmt würden schon alle auf uns warten. Doch dann öffnete sich eine der Türen neben der Bibliothek und Herr Liebherr und Frau Satt kamen heraus.

Herr Liebherr hielt uns die Tür zur Bibliothek auf.

»Ich bin gespannt, welche Überraschung mein Chef für eure Haushälterin hat«, sagte er, als wir an ihm vorbeigingen, und lächelte uns an. Blümchen wurde wieder knallrot und auch ich beeilte mich an ihm vorbeizukommen.

In der Bibliothek standen alle um einen Tisch herum und besahen sich etwas, das darauf stand. Als wir näher kamen, konnte auch ich erkennen, was es war. Eine Kristallkugel!

»Seht mal!«, rief Amanda, als sie uns entdeckt hatte. »Herr Satt hat mir ein Geschenk gemacht. Eine neue

Kristallkugel! Die kann ich gut gebrauchen. Meine alte ist schon ein wenig zerkratzt.«

»Ein Scheck wäre mir lieber gewesen«, hörte ich Frau Wolff neben mir leise sagen.

»Die habe ich einer Wahrsagerin abgekauft«, berichtete Herr Satt stolz. »Sie tritt wohl in einem Zirkus auf, der hier in der Stadt gastiert. Erst wollte sie sich nicht davon trennen, aber dann habe ich ein paar Scheinchen draufgelegt und schon hatte ich sie.«

»Und mit der kann man in die Zukunft sehen?«, fragte Herr Scheinheim, während sein Mund nervös zuckte. »Das ist doch alles Hokuspokus.«

»Da wäre ich mir an Ihrer Stelle nicht so sicher«, sagte Amanda mit geheimnisvollem Schmunzeln. »Allerdings muss man damit umgehen können.«

»Und das können Sie?«, fragte Herr Satt. »Wahrscheinlich hat das Ding nicht mehr magische Kräfte als eine Blumenvase.«

»Man kann die Zukunft auch aus einer handelsüblichen Kristallvase lesen«, sagte Amanda. »Es kommt nicht darauf an, *was* man für das Hellsehen benutzt, sondern *wer* es benutzt. Ich bevorzuge allerdings Kristallkugeln. Das mögen meine Kunden auch lieber.«

Sie besah sich ihre neue Kristallkugel von allen Seiten. »Ein schönes Modell«, meinte sie dann. »Nicht mehr ganz neu, aber gut gepflegt.«

Ich sah, wie Herr Satt, sein Schwiegervater und Herr Scheinheim sich Blicke zuwarfen. Wahrscheinlich hielten sie Amanda für völlig übergeschnappt. Ich konnte es ihnen noch nicht einmal verdenken. Auch ich war mir immer noch nicht sicher, ob Amandas Fähigkeiten nur Hokuspokus waren oder ob mehr dahinter steckte.

»Warum probieren Sie sie nicht gleich aus?«, fragte Herr Satt. »Sie könnten doch für uns ein wenig in die Zukunft sehen.«

Amanda sah Herrn Satt an und legte den Kopf schief. »Was möchten Sie denn gern wissen?«

»Die Lottozahlen vom nächsten Wochenende wären nicht schlecht«, meinte Herr Liebherr.

Amanda schüttelte den Kopf. »Diese jungen Leute denken immer nur ans Geld.«

»Wie wäre es, wenn Sie die Zukunft unserer Fabrik vorhersagten«, meinte Herr Riese zuversichtlich. »Die sieht bestimmt rosig aus!«

»Gar nicht schlecht«, sagte Amanda mehr zu sich selbst. »Einer Schokoladenbonbonfabrik habe ich noch nie die Zukunft vorhergesagt.«

»Ach, das hat mein Schwiegervater bestimmt nicht so ernst gemeint«, sagte Herr Satt schnell.

»Nein, nein!«, unterbrach Amanda ihn. »Mich würde das schon interessieren. Ich brauche allerdings Penelope und Sister X dazu – und ein schwarzes Tuch. Seide, wenn es geht.«

Beatrice wurde gerufen. Erst weigerte sie sich, als dann aber Herr Satt sie darum bat, trug sie mit angewidertem Gesichtausdruck Penelope herein und legte ihn vor Amanda auf den Tisch. Dann holte sie Sister X. Dabei ließ sie keinen Moment die Augen von Amandas Schaf, als fürchtete sie, es könnte sie mit Haut und Haaren verschlingen. Schließlich brachte sie noch eine schwarze Tischdecke aus Seide.

Beim Anblick von Penelope und vor allem von Sister X staunten die Satts und die drei anderen Gäste nicht schlecht. Doch niemand sagte etwas. Nun hatten sie sich einmal auf Amanda eingelassen, also schienen sie auch mit allem einverstanden zu sein, was sie mit ihnen machte.

Ohne sich um ihre neugierigen Blicke zu kümmern, legte Amanda Penelope neben die Glaskugel und postierte Sister X so vor dem Tisch, dass sie durch ihre Sonnenbrille in die Glaskugel sehen konnte.

»Bitte setzen Sie sich alle und bitte reden Sie nicht!«, ordnete sie an. »Außerdem ist es hier zu hell. Können wir nicht das Licht löschen und stattdessen einige Kerzenleuchter aufstellen?«

Beatrice lief seufzend los und schleppte Kerzenleuchter heran. Als Herr Liebherr ihr beim Anzünden der Kerzen half, bedachte sie ihn mit einem dankbaren Blick.

»Darf ich bitte gehen?«, fragte Beatrice schnell, als sie damit fertig waren. Wahrscheinlich hatte sie Angst, dass Amanda noch mehr Wünsche habe könnte.

»Gehen Sie nur, Beatrice. Sie haben doch bestimmt noch etwas zu tun, nicht wahr?«, sagte ihr Chef großzügig und zwinkerte ihr zu.

»So ein Aufstand«, raunte Opa Schraube seiner Toch-

ter zu, während Beatrice mit wehender Schürze aus der Bibliothek floh. »Und alles nur wegen einer Kristallkugel.«

»Lass nur, Vater«, flüsterte Frau Wolff zurück. »Ich finde das sehr spannend. Eine Wahrsagerin hat es in unserem Zirkus nicht gegeben. Ich wollte das immer schon einmal sehen.«

Bevor sich Frau Wolff um Blümchen und Opa Schraube gekümmert hatte, war sie erst Seiltänzerin in einem Zirkus gewesen. Nach einem Unfall hatte sie sich dann auf das Schminken und Maskieren spezialisiert, was man in einem Detektivbüro sehr gut gebrauchen kann. Jedenfalls hatte Amanda das gesagt.

»Zaubergalaktisch«, sagte Amanda leise und sah sich zufrieden um, als wir endlich alle auf einem Stuhl oder Sessel saßen und die große Bibliothek nur noch schwach von den flackernden Kerzen erleuchtet wurde.

Sie stand auf und breitete das schwarze Tuch aus. Sie legte es zuerst über den Kopf von Sister X, dann über Penelope, die Kristallkugel und schließlich über sich selbst. Als sie sich setzte, lugten nur noch ihre Beine und die von Sister X hervor. Es sah irgendwie unheimlich aus, wie eine riesige schwarze Schildkröte mit sechs Beinen.

Es wurde still in der Bibliothek, sehr still.

Ich sah mich um. Alle, auch Herr Satt und Herr Riese, die Amandas Hellseherei als Unsinn abgetan hatten, starrten wie gebannt auf das schwarze Tuch, unter dem Amanda leise zu murmeln begann.

»Aha!«, rief sie plötzlich so laut, dass nicht nur ich vor Schreck beinahe vom Stuhl gefallen wäre. »Ich sehe etwas! Ich sehe die Schokoladenbonbonfabrik!«

»Das ist ja wohl nichts Besonderes«, meinte Herr Satt abfällig. »Die sehe ich jeden Tag.«

Seine Frau sah ihn mit einem wütenden Blick an, sagte aber nichts.

»Oooh!«, rief Amanda. »Sie verschwimmt! Sie verschwimmt!«

»Wer schwimmt?«, fragte Opa Schraube leise und ließ seinen Zigarrenstummel kreisen.

»Die Schokoladenbonbonfabrik«, flüsterte ich zurück.

»Und da ist Bella!«, rief Amanda. »Bella Satt! Wie interessant! Höchst interessant!«

Dann begann sie wieder zu murmeln und zog mit einem Ruck das Tuch herunter. Gut, dass Sister X eine Sonnenbrille trug und Penelope schlief, sonst hätten sie sicher blinzeln müssen.

»Sie können das Licht wieder anschalten«, sagte Amanda. »Es ist vorbei. Es war nur eine kurze Vision, aber eine sehr interessante.«

»Was soll denn daran interessant gewesen sein?«, fragte Herr Satt. »Erst haben Sie die Fabrik gesehen und dann meine Frau. Und?«

Amanda lächelte ihn an. »Es kommt nicht darauf an, was ich gesehen habe, sondern wie ich es gesehen habe. Man muss solche Visionen deuten, verstehen Sie?«

Herr Satt sah nicht so aus, als hätte er kapiert, was Amanda ihm sagen wollte.

»Entscheidend war, dass ich nur ein verschwommenes, undeutliches Bild Ihrer Fabrik gesehen habe«, fuhr Amanda deshalb fort. »Das bedeutet, dass es wichtige Veränderungen in Ihrer Firma geben wird. Wegweisende Entscheidungen werden getroffen.«

»Veränderungen? Entscheidungen?«, rief Herr Satt. »Davon wüsste ich ja wohl! Was sollen denn das für Veränderungen oder Entscheidungen sein?«

Amanda zuckte mit den Schultern. »Das weiß ich nicht. Dazu war die Vision zu kurz. Ich weiß nur, dass sie mit Ihrer Frau zu tun haben. Vielleicht führt sie die Veränderungen ja herbei oder vielleicht ist sie es, die die Entscheidungen trifft.«

»Meine Tochter?«, lachte Herr Riese. »Da sollten Sie Ihre Kristallkugel lieber noch einmal putzen. Meine Tochter hat keine Ahnung von dem Geschäft.«

»Vater!«, rief Bella Satt. »Warum sagst du das immer? Du weißt doch gar nicht …«

»Lass nur, mein Schatz«, sagte Herr Riese, nahm seine Tochter in den Arm und gab ihr einen Kuss auf die Wange. »Du musst dich nicht verteidigen. Du wolltest halt lieber Klavier studieren. Das ist ja auch nicht schlimm. Dein Mann kümmert sich doch sehr gut um das Geschäft. Sei froh, dass du ihn hast.«

»Mein Klavierstudium habe ich doch schon vor fünfzehn Jahren abgeschlossen! Ich habe mich auch verändert!«

»Nun ist es gut, Bella«, sagte Herr Satt und klopfte seiner Frau wie einem alten Gaul auf den Rücken.

»Klimper du ruhig auf deinem Klavier herum und überlasse die Geschäfte uns Männern.«

Frau Wolff zuckte neben mir zusammen. Ihr war mehr als deutlich anzusehen, dass sie diesem Blödmann am liebsten die Meinung gesagt hätte, aber sie schwieg. Schließlich waren wir Gäste. Auch Eleonore hatte ihre Augenbrauen fast bis zum Haaransatz hochgezogen. Nur Willi, Günter, Walter und Opa Schraube grinsten zufrieden. Es wurde plötzlich sehr still in der Bibliothek der Familie Satt.

»Könnten wir Sister X wieder hinausbringen?«, fragte Amanda, wahrscheinlich um die peinliche Situation zu beenden. »Sie muss sich ein wenig erholen, die Gute. Hellsehen strengt sie sehr an. – Und mich auch. Ich könnte ein Mandellikörchen vertragen.«

»Ich rufe Beatrice«, sagte Herr Satt. »Die kann Ihr Schaf hinausbringen.«

»Nein, das mache ich schon«, sagte seine Frau schnell. »Ich brauche auch frische Luft.«

»Geh mit Frau Satt«, sagte Amanda zu Sister X. Die trabte zutraulich hinter Bella Satt her aus der Bibliothek hinaus. Sister X ist vielleicht nicht außerirdisch, aber sie ist bestimmt ein sehr außergewöhnliches Schaf.

»Na ja«, sagte Herr Satt, als sich die Tür hinter den beiden geschlossen hatte. »Das war ja nicht sehr beeindruckend. Mich können Sie jedenfalls mit diesem Hokuspokus nicht täuschen.«

»Das ist kein Hokuspokus!«, riefen Elsbeth, Hedwig und Eleonore gleichzeitig.

»Ach nein?«, fragte Herr Satt und verzog das Gesicht zu einem spöttischen Lächeln. »Glauben Sie etwa daran, *liebe* Frau Hoppenstedt?«

»In der Tat! Ich glaube daran, *lieber* Herr Satt!«, rief Eleonore. »Und wenn Sie einmal an einer unserer Séancen teilnähmen, würden Sie sicher auch anders darüber denken.«

»Das, was ich gesehen habe, reicht mir. Alles nur Schwindel. Oder haben Sie unseren Schmuck auch durch Hellsehen wieder gefunden?«

»Dazu gab es keinen Anlass«, sagte Amanda. »Aber wenn es nötig gewesen wäre, hätte ich sicher davon Gebrauch gemacht.«

Blümchen und ich sahen uns an. Wir hatten da ganz andere Erfahrungen gemacht.

»Detektiv zu sein ist wohl eine ziemlich aufregende Sache«, meinte Herr Riese dann.

»Das würde ich nicht gerade sagen«, lachte Frau Wolff. »Wir haben die Detektei zwar noch nicht lange, aber die Aufträge, die wir bisher bekommen haben, waren nicht gerade sehr aufregend.«

»Wieso?«, grinste Opa Schraube. »Einen Vertreter bei der Arbeit zu beobachten ist doch sehr spannend.«

»Sie beobachten einen Vertreter?«, fragte Herr Riese. »Wozu denn das?«

Papa zuckte mit den Schultern. »Sein Chef glaubt, er würde die meiste Zeit in Cafés und nicht bei seinen Kunden zubringen. Er sucht wohl nach einem Grund, ihm zu kündigen.«

»Können Sie denn auch manchmal Ihre übernatürlichen Fähigkeiten bei den Fällen einsetzen?«, fragte Herr Satt Amanda in das Lachen der anderen hinein. »Es wäre doch viel bequemer, wenn Sie den Vertreter durch Ihre Kristallkugel beobachten könnten.«

»Das wäre natürlich zaubergalaktisch«, antwortete Amanda, cool wie immer. »Aber man sollte das Hellsehen nur anwenden, wenn es wirklich nötig ist.«

Ich hatte allmählich die Nase voll von Herrn Satts blöden Witzen. Ich stieß Blümchen an. Sie verstand mich sofort. Wir standen auf und sahen uns ein wenig in der Bibliothek um. Die Erwachsenen störte es nicht. Sie unterhielten sich weiter über unser Detektivbüro und Amandas Zauberkünste. Die vielen Bücher in den bis an die Decke reichenden Regalen waren wirklich sehr beeindruckend. Von den meisten verstand ich allerdings kaum die Titel.

Ich hatte gerade ein riesiges Monstrum samt dicker Staubwolke aus dem Regal gezogen, da winkte mir Blümchen aufgeregt zu. Sie stand an einem der Fenster. Ich schob den alten Schinken wieder ins Regal, ging zu ihr und sah hinaus.

Sister X und Frau Satt standen ein paar Schritte voneinander entfernt auf der Wiese vor der Eingangstreppe und sahen sich an. Eigentlich war das nichts Besonderes. Und doch war ich plötzlich genauso aufgeregt wie meine Freundin. Vielleicht lag es an dem Mond, der ab und zu durch die dicken Wolken lugte, vielleicht auch daran, dass die beiden sich überhaupt nicht bewegten, vielleicht aber auch an der Art, wie sie sich ansahen.

Doch dann, als hätte sie bemerkt, dass wir sie beobachteten, drehte sich Frau Satt plötzlich um und ging auf das Haus zu. Sister X sah ihr nach.

Blümchen und ich drückten uns an die Wand neben dem Fenster.

»Unheimlich, oder?«, flüsterte Blümchen mir zu. »Es sah fast so aus, als hätten sie sich unterhalten.«

»Vielleicht hat sie sich Sister X ja nur angesehen«, erwiderte ich, ohne recht daran zu glauben. »Sie sieht mit ihrer Sonnenbrille schließlich sehr seltsam aus.«

»Vielleicht erzählt sie es ja, wenn sie wiederkommt«, meinte Blümchen.

Ich schüttelte den Kopf. »Das kann ich mir nicht vorstellen.«

Wer von uns beiden Recht hatte, konnten wir nicht mehr nachprüfen, denn Frau Satt kam nicht mehr in die Bibliothek zurück.

»Wahrscheinlich hat sich meine Frau zurückgezogen«, meinte Herr Satt, als Amanda nach ihr fragte. »Sie fühlte sich schon den ganzen Abend nicht wohl.«

Am liebsten hätte ich ihm gesagt, dass ich mich auch nicht wohl fühlen würde, wenn ich mit ihm verheiratet wäre, aber dann hätte er uns wahrscheinlich hinausgeworfen. Und ich wollte doch unbedingt in dem schönen Himmelbett schlafen!

Als wäre Herrn Satts Mitteilung, seine Frau sei schon

schlafen gegangen, ein Zeichen gewesen, löste sich die Gesellschaft bald auf.

»Komisch«, flüsterte Blümchen mir zu, als wir die Treppe zu unserem Zimmer hinaufgingen. »Sie hat uns noch nicht einmal eine gute Nacht gewünscht.«

»Das war bestimmt nicht gegen uns gerichtet«, antwortete ich. »Wahrscheinlich war sie nur wütend auf ihren Mann.«

Blümchen nickte. »Das wäre ich auch gewesen.«

Als wir vor unserem Zimmer standen, kam Amanda noch einmal zu uns.

»War meine kleine Show nicht zaubergalaktisch?«, fragte sie uns.

»Show?«, fragte ich zurück. »Hast du gar nichts in deiner Kristallkugel gesehen?«

Amanda zwinkerte mir zu. »Das habe ich nicht gesagt, aber das schwarze Seidentuch und die Kerzenleuchter wären nicht nötig gewesen.«

* 4 *

In unserem Zimmer zogen wir uns die Schlafanzüge an und hüpften in den Himmelbetten herum. Mochte Herr Satt noch so ein Blödmann sein, dieses Zimmer war einfach Spitze!

Plötzlich schrie Blümchen laut auf. Vor Schreck stolperte ich über mein Kopfkissen und kugelte aus dem Bett auf den Fußboden.

»Was ist denn los?«, fragte ich sie. »Hast du dir wehgetan?«

»Nein!«, rief sie verzweifelt. »Aber Paul ist weg!«

»Hattest du den mitgenommen?«, fragte ich, obwohl ich mir das eigentlich hätte schenken können. Paul ist Blümchens Teddy. Es ist ihr zwar immer etwas peinlich, dass sie noch einen Teddy zum Einschlafen braucht, aber ohne Paul geht sie nicht ins Bett.

»Ich habe ihn eingepackt. Das weiß ich ganz genau.« Sie zögerte einen Augenblick. »Oder habe ich ihn doch vergessen?«

»Bestimmt«, sagte ich schnell. »Wo soll er denn sonst hingekommen sein? Wir haben unsere Sachen doch erst hier im Zimmer ausgepackt.«

Blümchen nickte. »Darf ich dann bei dir schlafen?«, fragte sie kleinlaut.

Ich schlug die Decke zurück und schon lag sie neben mir. Ehrlich gesagt hatte ich überhaupt nichts dagegen. Ganz im Gegenteil. Nun, da wir das Licht gelöscht hatten, fand ich das Zimmer überhaupt nicht mehr schön, nur noch groß und unheimlich. Auch Blümchen wälzte sich neben mir herum.

»Hörst du das?«, fragte sie mich plötzlich. »Es regnet.«

»Ist doch nicht schlimm«, entgegnete ich. »Umso gemütlicher ist es im Bett.«

»Und Sister X? Die wird ganz nass. Hier hat sie doch keinen Stall.«

Wir stiegen aus dem Bett und sahen aus dem Fenster. Unser Zimmer lag genau über der Bibliothek. Blümchen hatte Recht. Sister X stand stocksteif auf der Wiese und der Regen prasselte auf sie herunter.

»Schafe sind daran gewöhnt«, versuchte ich Blümchen und mich selbst zu beruhigen.

»Trotzdem«, sagte Blümchen. »Sollen wir sie nicht holen? Ich würde mich sicherer fühlen, wenn sie hier wäre.«

»Hast du Angst?«, fragte ich sie.

»Angst würde ich nicht sagen. Es ist nur so ein komisches Gefühl.«

Ich wusste genau, was sie meinte. »Ob Amanda etwas dagegen hat?«

»Bestimmt nicht«, sagte Blümchen sofort. »Mit Penelope dürfen wir doch auch immer spielen.«

Da hatte sie Recht. Obwohl mit Penelope zu spielen hieß, ihn herumzutragen, während er auf unserem Arm schnarchte.

Wir zogen unsere Bademäntel an, schlichen die Treppe herunter und liefen in den Regen hinaus. Zum Glück schien Sister X gleich zu wissen, was wir wollten. Zumindest folgte sie uns sofort zurück ins Haus.

Obwohl wir nur kurz draußen gewesen waren, triefte das Wasser aus unseren Haaren, als wir in unser Zimmer zurückkamen. Wir rieben sie trocken und legten uns ins Bett. Sister X hatte sich davor gestellt und sah uns durch ihre Sonnenbrille an. Das Regenwasser tropfte von ihrem Fell auf den Teppich.

»Nun hast du es schön warm«, murmelte Blümchen, drehte sich um und war eingeschlafen.

Auch mein unheimliches Gefühl war nun wie verflogen. Ich konnte meine Augen kaum noch offen halten. Es war wirklich ein aufregender Tag gewesen.

Zunächst war es nur verschwommen, wie eine Ahnung von einem Bild. Doch je mehr ich mich darauf konzentrierte, desto deutlicher wurde es. Ich sah einen Torbogen. Durch ihn hindurch konnte ich etwas erkennen. Es sah aus wie – ja, das waren Wohnwagen! Ich hörte auch etwas. Musik! Da spielte eine Kapelle. Das Lied kam mir irgendwie bekannt vor. Mein Magen krampfte sich zusammen. Das war ja Zirkusmusik! Ich konnte es nicht glauben. Meine Mutter und Blümchens Vater waren beide verschwunden, als wir noch kleine Kinder waren. Ich konnte mich noch nicht einmal mehr an Mama erinnern, sondern wusste nur von Fotos, wie sie ausgesehen hatte. Papa war überzeugt davon, dass sie uns verlassen hatte, weil sie mit jemand anderem zusammenleben wollte. Das Gleiche dachte wohl auch Frau Wolff von ihrem Mann. Seit ich Blümchen kannte, hatte ich den Verdacht, dass meine Mutter und ihr Vater zusammen weggelaufen waren. Andererseits konnte ich nicht glauben, dass ausgerechnet wir beide, mehr als zehn Jahre später, die besten Freundinnen werden sollten. Solche Zufälle konnte es doch nicht geben! Oder war es gar kein Zufall? Blümchens Vater war Raubtierdompteur in einem Zirkus, als er seine Familie verließ. Und ich hörte Zirkusmusik und sah Wohnwagen, die zu einem Zirkus zu gehören schienen. Ich versuchte mehr zu sehen. Meine Augen brannten. Wieder konnte ich mehr Einzelheiten erkennen. Waren da nicht Menschen? Es waren zwei. Sie gingen durch das Tor, das auch der Eingang zu einem Zirkus sein konnte, und kamen auf mich zu. Zuerst konnte ich nur erkennen, dass es ein Mann und eine Frau waren. Doch je näher sie kamen, desto deutlicher wurden ihre Gesichter. Den Mann hatte ich noch nie gesehen. Aber die Frau – das war Mama!

Ich riss die Augen auf. Ich glaube, ich habe laut aufgeschrien. Einen Augenblick lang wusste ich nicht, wo ich war. Doch dann sah ich in zwei dunkle Gläser – eine Sonnenbrille! Ich saß im Bett und Sister X stand vor mir.

Mit ausgestrecktem Arm hätte ich ihr die Brille abnehmen können. Doch das würde ich nie wagen!

Mein Blick fiel auf meine Freundin. Sie saß neben mir und starrte, so wie ich, auf Sister X. Erst jetzt bemerkte ich, dass sich unsere Hände ineinander verkrallt hatten. Und Blümchen hat sehr viel Kraft!

»Aua!«, schrie ich leise auf. »Du tust mir weh.«

Da schien Blümchen mich zu bemerken. Sie ließ meine Hand los. »Entschuldigung. Ich habe wohl geträumt.«

»Du auch?«, rief ich. »Es war ein total verrückter Traum. Verrückt und unglaublich! Und du? Hattest du auch so einen verrückten Traum.«

»Ich weiß nicht«, sagte sie leise. »Es war irgendwie – komisch.«

»Komisch? Wie meinst du das?«

Ich kannte diesen Blick meiner Freundin. Sie wollte es nicht erzählen. So war es immer, wenn es um ihre Gefühle und Gedanken ging. Ich konnte mich nur schwer daran gewöhnen. Ich erzählte ihr am liebsten alles immer gleich auf der Stelle. Vielleicht sollte ich ihr erst von meinem Traum erzählen?

Ich kam nicht mehr dazu. Wir hörten ein Geräusch, dass mir vor Schreck und Grusel beinahe das Herz stehen blieb.

Das Geräusch schien aus der Wand zu kommen. Es klang, als würde jemand mit den Fingernägeln über eine Schultafel kratzen. Es hätte aber auch ein Stöhnen oder Seufzen sein können. Und dann hörten wir ein

Klopfen von der anderen Seite des Zimmers. Erst leise, dann lauter und lauter, bis es uns in den Ohren dröhnte.

»Ein Poltergeist«, flüsterte Blümchen und zog sich die Decke über den Kopf.

»Vielleicht klopft da ja nur jemand an unsere Tür«, versuchte ich mir selbst Mut zu machen. »Sollen wir nachsehen?«

»Bist du verrückt?«, fuhr Blümchen mich an. »Wer weiß, wer oder was da auf dem Flur lauert!«

»Glaubst du, es ist ein Geist?«, fragte ich sie.

Sie schüttelte den Kopf. Sehr überzeugt sah sie allerdings nicht aus. Mir war auch überhaupt nicht wohl in meiner Haut, denn die Geräusche hatten sich wirklich sehr unheimlich angehört. Amanda brachte uns noch dazu, an Geister und Gespenster zu glauben!

Eine Weile saßen wir regungslos in unserem Bett und horchten in die Dunkelheit, aber es war wieder vollkommen still. Auch die Erwachsenen schienen alle in ihren Zimmern geblieben zu sein. Nur Sister X hörten wir leise atmen.

Hatten wir uns das Ganze bloß eingebildet? Ich wollte der Sache auf den Grund gehen. Ich schlug die Decke zurück und stieg aus dem Bett.

»Wo willst du hin?«, fragte Blümchen.

»Hinaus auf den Flur. Ich will nachsehen, was da ist. Kommst du mit? Es ist bestimmt ganz harmlos. Außerdem haben wir doch Sister X hier.«

Blümchen sah mich an, als hätte ich nicht alle Tassen

im Schrank. Doch dann stieg sie auch aus dem Bett. Wahrscheinlich war ihre Neugier auch größer als ihre Angst.

Wir zogen unsere Bademäntel noch einmal an, schlichen auf Zehenspitzen zur Tür und öffneten sie, so leise es ging.

Wir lugten um die Ecke. An der Decke brannte eine kleine Lampe und erleuchtete den Flur ein wenig. Alles war ruhig.

Fest aneinander geklammert, wagten wir uns Schritt für Schritt vorwärts. Sister X blieb, wo sie war. Sie war wohl schlauer als wir.

»Hier ist nichts«, sagte ich leise zu Blümchen. »Bestimmt haben wir uns das nur eingebildet.«

»Meinst du?«, fragte sie unsicher. »Wie können wir uns beide das Gleiche einbilden?«

Plötzlich zuckte sie zusammen und krallte ihre Hand in meinen Arm. Wie gesagt, Blümchen ist Boxerin. Sie hat eine Menge Kraft. Trotzdem spürte ich es kaum, denn ich hatte auch gesehen, was Blümchen so erschreckt hatte. Eine Gestalt war den Flur entlanggehuscht und um eine Ecke verschwunden.

»Wer war das?«, fragte ich und spürte, wie meine Knie schlotterten.

»Ich weiß nicht«, antwortete Blümchen mit zitternder Stimme. »Es war so groß.«

»Es kann uns aber auch nur so groß vorgekommen sein, weil wir Angst davor hatten«, versuchte ich uns zu beruhigen.

Blümchen nickte heftig. »Bestimmt war es nur der Schatten, der so groß war.«

»Sollen wir wieder zurück in unser Zimmer gehen?«

Blümchen nickte noch heftiger.

Wir hatten uns gerade einen oder zwei Schritte auf unser Zimmer zubewegt, da krachte und polterte es, als wäre eine Tür mit aller Gewalt zugeschlagen worden. Und dann schrie jemand laut auf.

Zuerst dachte ich, Blümchen hätte geschrien, doch die sah mich nur genauso entsetzt an wie ich sie. Als dann direkt vor unserer Nase eine Tür aufgerissen wurde, wären wir beinahe gemeinsam in Ohnmacht gefallen.

»Meine Güte!«, rief Frau Wolff und hielt sich die Hand vor die Brust. »Habt ihr mich erschreckt!«

Wir hatten genau vor ihrer Zimmertür gestanden. Mit ihren zerzausten Haaren und ihrem weißen Morgenmantel sah sie beinahe selber aus wie ein Gespenst.

»Habt ihr diesen Krach veranstaltet?«, fragte sie uns.

»Nein, Mama! Das waren wir nicht!«, rief Blümchen. »Hast du auch den Schrei gehört?«

»Ja, darum bin ich ja auch gleich herausgekommen.«

Ein paar Türen weiter steckte Willi seinen Kopf heraus. »Was ist denn das für ein Lärm? Ich bin müde und will schlafen!«

»Es hat jemand geschrien!«, rief ich. »Hast du das auch gehört?«

Willi nickte. »Ist ja beinahe wie im Geisterschloss hier«, brummte er.

Nach und nach öffneten sich alle Türen, bis schließlich alle, einschließlich Beatrice, die am ganzen Körper zitterte, mit Morgenmänteln bekleidet auf dem Flur standen und über die seltsamen Geräusche mitten in der Nacht rätselten. Nur Frau Satt fehlte. Ich war anscheinend die Einzige, der das auffiel. Von den anderen schien sie niemand zu vermissen, noch nicht einmal Herr Satt.

»Wo hast du denn deinen Morgenmantel?«, fragte Hedwig ihre Schwester. Elsbeth war die Einzige, die sich ihren Straßenmantel übergeworfen hatte.

»Er ist weg«, jammerte Elsbeth. »Ich habe ihn überall gesucht, aber nicht gefunden.«

»Bestimmt hast du ihn nicht eingepackt.«

Elsbeth schüttelte den Kopf. »Ich weiß genau, dass ich ihn mitgenommen habe.«

»Das ist ja komisch«, sagte Günter plötzlich. »Ich vermisse meine Hosenträger. Erst wollte ich sie zum Abendessen anziehen, aber Walter hat gesagt, das sei nicht fein genug. Darum habe ich sie in meinem Zimmer gelassen. Und nun sind sie weg.«

Blümchen und ich sahen uns an. Paul! Sollte er auch verschwunden sein, so wie Elsbeths Morgenmantel und Günters Hosenträger? Ich hoffte, dass Blümchen ihn nur vergessen hatte, denn wenn er verschwunden war, würde meine Freundin nur sehr schwer darüber hinwegkommen.

»Du hast Paul bestimmt nur vergessen«, flüsterte ich ihr zu.

»Hoffentlich, denn wenn Paul weg ist, dann …«

»Meine Hosenträger waren noch ganz neu«, brummte Günter.

Opa Schraube grinste seinen Freund an. »Frau Satt hat sie nicht getragen. Das habe ich genau gesehen.«

»Vater! Bitte!«, rief Frau Wolff. »Für deine Witzchen ist jetzt nicht der richtige Zeitpunkt. Es ist doch seltsam, dass verschiedene Leute gleichzeitig etwas zu vermissen scheinen.«

Herr Riese winkte ab. »Ach was, bestimmt haben Sie die Sachen nur verlegt. Das passiert mir auch öfter.«

Als die meisten sich schon wieder auf den Weg in ihre Zimmer machen wollten, stieß Blümchen ihre Mutter an. »Du, Mama«, sagte sie leise. »Von meinen Sachen fehlt auch etwas.«

»Was denn?«

»Paul ist weg. Ich bin jetzt ganz sicher, dass ich ihn eingepackt habe.«

»In meinem Haus verschwindet nichts«, sagte Herr Satt mit einem nicht sehr freundlichen Blick auf Blümchen.

»Ach nein?«, rief Günter. »Und was ist mit meinen Hosenträgern?«

»Und meinem Morgenmantel?«, ergänzte Elsbeth.

»Vielleicht ist ja noch mehr verschwunden«, sagte Amanda, »nur ist es uns noch nicht aufgefallen. Warum gehen wir nicht alle auf unsere Zimmer und sehen nach. Anschließend treffen wir uns wieder in der Halle. Auf die paar Minuten kommt es nun auch nicht mehr an.«

»Wenn Sie meinen«, seufzte Herr Satt. »Aber Sie werden sehen, dass sich alles wieder einfindet. – Auch Ihre Hosenträger!«

Blümchen und ich packten unsere Taschen aus und wieder ein, schauten in jeden Schrank und in jede Schublade. Sogar unter den Betten sahen wir nach. Es half nichts. Paul blieb verschwunden. Sonst fehlte allerdings nichts.

Meine Freundin war ein paar Mal kurz davor, in Tränen auszubrechen. Meine Versuche, sie damit zu trösten, dass sie Paul vielleicht doch zu Hause vergessen hatte, halfen dabei nur wenig. Ich wäre wahrscheinlich genauso verzweifelt gewesen, wenn mein Cap verschwunden wäre, aber das war zum Glück noch da.

Als wir zurück in die Halle kamen, waren alle bis auf Frau Satt schon wieder dort versammelt. Wie schon so oft an diesem verrückten Tag schnatterten sie wild durcheinander.

»Was ist denn los?«, fragte Blümchen ihren Opa.

»Es ist nicht zu glauben!«, rief er. »Fast jeder von uns vermisst etwas!«

5

Bei dem Durcheinander dauerte es eine Weile, bis Blümchen und ich herausgefunden hatten, dass die meisten irgendein Kleidungsstück nicht wieder finden konnten.

Außer Elsbeths Morgenmantel, Günters Hosenträgern und Blümchens Paul waren Frau Wolffs Schal und jeweils ein Schuh von Papa und Herrn Satt verschwunden. Eleonore vermisste ihre Handschuhe, Willi und Walter jeweils einen Socken und Herr Scheinheim seine Krawatte. Opa Schraube beklagte den Verlust einer Zigarre. Am schlimmsten hatte es jedoch Herrn Riese, Herrn Liebherr und Hedwig erwischt. Herr Riese konnte seine Jacke nicht mehr wieder finden, in der sich seine Brieftasche und sein Schlüsselbund befanden. Herrn Liebherr erging es ähnlich. In seiner Hose, die jetzt nicht mehr da war, hatte er seine Geldbörse. Und Hedwig schließlich vermisste sogar ihre Handtasche mit Inhalt. Die Einzige, die keinen Verlust beklagte, war Amanda. Dass mir nichts fehlte, zählte nicht. Blümchen und ich waren die Einzigen, die zu zweit in einem Zimmer wohnten, und daraus war ja etwas verschwunden.

»Ihnen fehlt also nichts«, sagte Herr Satt zu Amanda

und zog eine Augenbraue hoch. »Das finde ich allerdings sehr verwunderlich.«

»Was wollen Sie denn damit andeuten?«, fragte Gerda Wolff.

Herr Satt hob die Hände. »Nichts, nichts! Ich meinte nur so.«

»Dann behalten Sie Ihre Meinung gefälligst für sich«, brummte Blümchens Mama.

»Hat denn niemand von Ihnen gemerkt, dass jemand im Zimmer war?«, fragte Amanda. »Oder haben Sie alle schon geschlafen?«

»Ich habe meine Hosenträger während des Essens doch gar nicht getragen!«, rief Günter. »Die können da schon weggekommen sein.«

»Glauben Sie etwa, jemand hätte sie gestohlen?«, fragte Herr Riese.

»Haben Sie eine andere Erklärung?«, fragte Opa Schraube zurück. »Die Sachen werden wohl kaum Flügelchen bekommen haben und davongeflogen sein.«

»Wir haben doch einen Detektiv unter uns«, sagte Herr Riese und sah Papa an. »Vielleicht könnten Sie uns sagen, was passiert ist.«

Papa zuckte mit den Schultern. »Ich habe keine Ahnung. Mir fehlt ja auch etwas. Wahrscheinlich ist Diebstahl wirklich das Wahrscheinlichste, obwohl ich mir nicht vorstellen kann, was jemand mit einzelnen Schuhen oder Socken anfangen will. Mit der Brieftasche, der Geldbörse und der Handtasche ist das schon etwas anderes. Ich frage mich allerdings, warum Sie Ihre Brieftasche nicht mitgenommen haben. Ich trage meine immer bei mir.«

Herr Riese kratzte sich verlegen am Kopf. »Ich eigentlich auch«, sagte er dann. »Aber ich hatte heute Abend meinen Smoking angezogen. Er ist mir etwas eng geworden. Als ich meine Brieftasche und meinen Schlüsselbund in die Taschen gesteckt hatte, sah ich aus wie ein Mafiaboss mit einer Pistole unter der Jacke. Jedenfalls hat das mein Schwiegersohn gesagt, als er mich gesehen hatte. Da habe ich die Sachen wieder in die Jacke meines Straßenanzugs zurückgesteckt. Ich konnte ja nicht ahnen, dass jemand sie wegnehmen würde.«

»Mir ging es genauso«, sagte Herr Liebherr. »Ich wollte nicht so viel Geld mit mir herumtragen.«

»Viel Geld?«, fragte Herr Satt. »Woher haben Sie viel Geld? Bezahle ich Sie etwa zu gut?«

Er lachte laut auf, doch Herrn Liebherr war anzusehen, dass er das überhaupt nicht lustig fand.

»Ich bin auf dem Weg hierher bei einem Freund gewesen. Der hat mir das Geld geschuldet. Heute hat er es mir zurückgezahlt – in bar.«

»Wie viel war es denn?«, fragte Amanda.

»Das ist es ja!«, seufzte Herr Liebherr. »Es war viel Geld, fast zweitausend Mark!«

»So viel?«, rief ich und hielt mir die Hand vor den Mund.

»Ach, machen Sie sich darüber keine Sorgen«, sagte Herr Riese leichthin. »Wozu gibt es Versicherungen? Du bist doch versichert, oder, Ernst?«

Herr Satt nickte mürrisch. »Ich werde den Schaden am Montag melden. Obwohl ich nicht verstehe, wie man so viel Geld mit sich herumtragen kann«, fügte er mit einem Seitenblick auf seinen Assistenten hinzu.

»Und ich werde gleich meine Kreditkarten sperren lassen«, sagte Herr Riese. »Der Schaden hält sich also in Grenzen.«

»Und was ist mit Ihren Schlüsseln?«, fragte Frau Wolff. »Haben Sie keine Angst, jemand könnte bei Ihnen einbrechen?«

Herr Riese lächelte verschmitzt. »Das glaube ich kaum. Wenn ich nicht zu Hause bin, lasse ich meinen Hund auf dem Grundstück herumlaufen. An dem kommt so schnell niemand vorbei.«

»Und was ist mit dir, Hedwig?«, fragte Amanda.

»Ich habe keine Kreditkarten«, antwortete Hedwig kleinlaut. »In der Tasche waren nur ein Taschentuch, meine Lesebrille und meine Geldbörse. Aber da war nicht mehr viel drin. Unseren Schlüssel hat zum Glück Elsbeth.«

»Lasst uns ins Bett gehen«, sagte Amanda schnell.

»Das ist eine gute Idee«, sagte Herr Riese. »Ich bin hundemüde. Außerdem können wir heute Nacht sowieso nichts mehr tun. Vielleicht findet Herr Kaminski ja morgen die Lösung dieses seltsamen Falles.«

Ich nahm Amanda beiseite. »Wir haben Sister X in unserem Zimmer. Damit sie nicht nass wird.«

Amanda sah mich forschend an. »Das ist lieb von euch«, sagte sie dann. »Und? Ist alles in Ordnung?«

»Ja, sicher. Was soll denn nicht in Ordnung sein?«

Amanda konnte auf meine Frage nicht mehr antworten. Und wieder war ein Geräusch schuld daran.

Es war erneut ein Hämmern und Klopfen zu hören. Doch dieses Mal war genau zu erkennen, woher es kam.

»Was ist denn da los?«, rief Herr Riese. »Wer hämmert denn da noch so spät an der Eingangstür.«

»Vielleicht ein Nachbar«, sagte Herr Satt, »der seine Unterhose vermisst.«

»Es ist jemand an der Eingangstür, Herr Satt«, hörten wir plötzlich eine Stimme hinter uns. Es war Beatrice. Wie immer war sie geräuschlos erschienen. Auch sie trug nur einen Morgenmantel. Ihr Häubchen hatte sie allerdings aufgesetzt.

»Dann sehen Sie doch bitte nach, wer dort ist«, sagte ihr Chef.

Beatrice riss entsetzt die Augen auf. »Jetzt? Mitten in der Nacht?«

»Nun stellen Sie sich nicht so an«, sagte Herr Satt. »Es wird schon kein Poltergeist sein, obwohl die gnädige Frau Hellseherin wahrscheinlich etwas anderes behaupten würde.«

Ich war so neugierig darauf, wer da mitten in der Nacht an die Eingangstür gehämmert hatte, dass ich noch nicht einmal wütend auf Herrn Satts blöde Bemerkung war.

In der Halle war es stockdunkel. Mit angehaltenem Atem lauschte ich, so wie die anderen auch, auf die

Schritte von Beatrice. In dem Augenblick hörten wir sie lauthals schreien.

»Was ist denn jetzt schon wieder los?«, rief Herr Satt und lief die Treppe herunter. Wir anderen folgten ihm.

Wenn ich geglaubt hatte, dass mich an diesem verrückten Tag nichts mehr wundern könnte, hatte ich mich getäuscht.

Beatrice stand kreidebleich und zitternd neben der weit geöffneten Haustür. Und davor stand eine Vogelscheuche, die mit all den Sachen bekleidet war, die wir noch vor ein paar Minuten vermisst hatten. Sogar Hedwigs Handtasche und Blümchens Paul baumelten daran. Und die Zigarre von Opa Schraube steckte in ihrem Kopf.

Herr Riese sah fassungslos auf die Vogelscheuche. »Guck dir das an, Ernst! Guck dir das an! Das glaube ich einfach nicht! Da will uns wohl jemand auf den Arm nehmen!«

Amanda war die Erste, die sich traute, sich der Strohpuppe zu nähern. Sie nahm die Handtasche ab und gab sie Hedwig. Als wäre das ein Startzeichen gewesen, wagten sich auch die anderen vor und nahmen sich ihre Sachen.

Blümchens Augen leuchteten, als sie endlich wieder ihren Paul in den Armen hielt. Ich freute mich genauso wie sie, obwohl ich mir diese ganze Sache nicht erklären konnte. Aber da war ich nicht die Einzige.

»Alles noch da«, sagte Herr Riese, nachdem er seine Brieftasche untersucht hatte. »Schlüssel, Kreditkarten und sogar das Bargeld. Ich verstehe das nicht. Sollte das ein schlechter Scherz sein?«

»Das denke ich allerdings auch!«, rief Herr Scheinheim und wedelte mit seiner Krawatte herum. Dabei sah er Amanda unverwandt an. Er glaubte wahrscheinlich, dass sie dahinter steckte, weil ihr nichts gestohlen worden war.

Plötzlich begann Herr Satt laut zu lachen und zu applaudieren. Ich dachte schon, er hätte den Verstand verloren.

»Bravo!«, rief er dann. »Bravo, Frau Amanda X. Das haben Sie wirklich hervorragend gemacht. Eine gute Show! Erst die Kristallkugel, dann das Klopfen und Schreien und nun auch noch die Vogelscheuche. Wahrscheinlich hat jeder von uns einen Augenblick lang an Gespenster geglaubt.«

»Glauben Sie etwa, Amanda hätte das alles gemacht?«, rief ich.

»Lass nur, Ricki«, unterbrach Amanda mich. »Es ist doch eine Ehre, dass Herr Satt mir so viel Hokuspokus zutraut. Nur muss ich Sie enttäuschen. Ich war es leider nicht.«

»Ja, ja!«, lachte Herr Satt. »Das würde ich an Ihrer Stelle auch sagen. Aber es ist ja nicht so schlimm. Wir hatten unseren Gruselspaß und außerdem sind ja auch alle vermissten Sachen wieder aufgetaucht.«

»Leider nicht«, sagte Herr Liebherr plötzlich. »Mein Geld ist verschwunden.«

»Ihre zweitausend Mark?«, rief Frau Wolff.

»Ja! Sie sind weg. Ich habe alles ein paar Mal durchsucht!«

Wie zum Beweis hielt uns Herr Liebherr die Hose hin, die er der Vogelscheuche ausgezogen hatte, mit umgekrempelten Taschen.

»Das gibt es doch nicht!«, rief Herr Satt wütend und sah zu Beatrice, als sei die schuld daran.

»Vielleicht waren sie ja gar nicht in Ihrer Hose«, sagte Herr Riese. »Und sie sind noch irgendwo in Ihrem Zimmer.«

Herr Liebherr nickte. »Vielleicht. Ich werde auf jeden Fall noch einmal suchen.«

»Und wenn nicht, dann zahlt meine Versicherung«, sagte Herr Satt schnell. »Also alles halb so wild.«

»Ich würde trotzdem zu gerne wissen, wer dieser Witzbold war«, sagte Opa Schraube und steckte sich die Zigarre an, die er der Vogelscheuche abgenommen hatte.

Ich hätte Amanda zu gern gefragt, was sie von der ganzen Sache hielt. Leider gingen Herr Satt und Herr Scheinheim zu dicht neben uns. Nur einmal konnte ich ihr einen fragenden Blick zuwerfen. Doch sie lächelte nur und zwinkerte mir zu. Was das nun wieder zu bedeuten hatte?

Blümchen und ich redeten noch lange über die Geschehnisse der letzten Stunde. Wir zerbrachen uns den Kopf darüber, wer wohl dahinter stecken mochte und was das Ganze für einen Sinn hatte. Doch wir standen genauso vor einem Rätsel wie wahrscheinlich alle anderen auch – bis auf den Witzbold, wie Opa Schraube den Unruhestifter genannt hatte.

Plötzlich fiel mir wieder ein, dass ich Blümchen ja noch von meinem Traum erzählen wollte. Aber dazu war es zu spät. Sie schlief schon selig neben mir und wecken wollte ich sie nicht.

Am nächsten Morgen fand sich eine ziemlich müde Gesellschaft am Frühstückstisch zusammen. Wegen der Ereignisse in der Nacht gab es wohl niemanden, der sich ausgeschlafen fühlte. Blümchen und ich gähnten jedenfalls um die Wette. Am meisten taten mir der arme Herr Liebherr und Beatrice leid. Sie hatten bestimmt noch früher aufstehen müssen, um das Frühstück vorzubereiten. Dafür hatten sie sich umso mehr Mühe gegeben. Es gab Rühreier, Toast, Wurst, Käse, Marmelade und sogar frischen Obstsalat. Ich stopfte alles in mich hinein, was mir vor die Nase kam.

»Wo ist denn eigentlich Ihre Frau?«, fragte Herr Scheinheim Herrn Satt. »Geht es ihr wieder besser?«

»Sie ist wohl noch in ihrem Zimmer«, antwortete Herr Satt.

Der Rechtsanwalt sah ihn erstaunt an. »Waren Sie denn noch nicht bei ihr?«

»Nein, ich wollte sie nicht stören. Es wird das Beste für sie sein auszuschlafen.«

Ich hatte mich schon am Abend darüber gewundert, dass Herr und Frau Satt anscheinend in getrennten Zimmern schliefen. Ob das in diesen Kreisen so üblich war? Wenn ja, hatte ich immer weniger Lust dazuzugehören.

Herr Riese sah erst auf seine Uhr und dann zu seinem Schwiegersohn.

»Es ist bald so weit, Ernst. Wenn Bella mitkommen soll, musst du sie wohl wecken.«

Ernst Satt sah auf seine Uhr. »Ja, du hast Recht. Wir sollten bald gehen. Aber Bella lasse ich schlafen. Die kennt das ja zur Genüge.«

»Was meinen Sie?«, fragte Papa.

»Das Ritual, lieber Herr Kaminski. Ich meine das Ritual!«, sagte Herr Riese und strahlte über das ganze Gesicht.

»Ich verstehe nicht ganz«, sagte Papa. Und damit sprach er wohl so ziemlich jedem am Tisch aus der Seele.

»Lassen Sie sich überraschen!«, lachte Herr Riese. »Wenn wir in der Fabrik sind, werden Sie es verstehen! Ich werde schon einmal vorgehen und alles vorbereiten. Lassen Sie sich ruhig Zeit. Mein Schwiegersohn wird Sie begleiten und Ihnen den Weg zeigen.«

* 6 *

Auf der Fahrt zu Rieses Schokoladenbonbonfabrik rätselten Blümchen und ich darüber, was dieses Ritual wohl sein könnte. Es musste wohl etwas Besonderes sein, wenn Herr Satt und Herr Riese solchen Wert darauf legten.

Amanda hatte Sister X und Penelope bei den Satts gelassen. Beatrice hatte zwar lautstark dagegen protestiert, aber ich war ganz froh darüber, denn sonst hätte es bestimmt Ärger gegeben. Ich konnte mir nicht vorstellen, dass ein Schaf in eine Schokobonbonfabrik hineindurfte.

Als wir am Fabriktor standen, staunte ich wirklich nicht schlecht. Ich konnte mir einfach nicht vorstellen, dass eine so große Fabrik nur dazu da war, Schokoladenbonbons herzustellen.

»Unsere Bonbons werden ja auch überall in Europa gelutscht«, erklärte mir Herr Satt.

»Trotzdem wäre es besser, wir würden unsere Produktion erweitern«, sagte Herr Liebherr plötzlich. »Auf Schokoriegel.«

»Schokoriegel wären prima!«, rief Blümchen.

»Na, sehen Sie«, sagte Herr Liebherr und lächelte Blümchen an. Die bekam sofort wieder ihre gesunde Gesichtsfarbe.

Herr Satt winkte ab. »Ach was! Sie und Ihre Schokoladenriegel. Wir stellen Schokoladenbonbons her und dabei bleibt es. Der Meinung ist mein Schwiegervater auch.«

»Ja, leider«, seufzte Herr Liebherr.

»Außerdem bekommen wir bald einen großen Auftrag aus Asien«, ergänzte Herr Satt.

Wieder seufzte sein Assistent. »Na, hoffentlich.«

»Machen Sie sich keine Sorgen«, sagte Herr Satt nur. »Jetzt müssen wir aber gehen, sonst kommen wir noch zu spät zum Ritual.«

Herr Scheinheim nahm Herrn Satt beiseite und flüsterte ihm etwas ins Ohr.

»Es tut mir leid, meine Herrschaften«, sagte Herr Satt dann. »Herr Scheinheim möchte mich unbedingt sprechen. Ich überlasse Sie unserem Werksleiter, Herrn Süßlich. Der kennt sich hier noch besser aus als ich.«

Herr Süßlich sah aus, als würde er alle Schokoladenbonbons, die in der Fabrik hergestellt wurden, selber essen. Doch was er uns dann zeigte, fand ich schon sehr beeindruckend. Die Bonbons wurden gepresst, mit Schokolade überzogen, in Bonbonpapier eingewickelt und in Tüten verpackt. Die kamen dann wieder in Kartons und die Kartons wurden auf Paletten gestapelt. Und das alles vollautomatisch.

Als wir durch die Halle gingen, in der die Bonbons in Papier eingewickelt wurden, stieß mich Blümchen plötzlich an.

»Guck mal«, flüsterte sie mir zu. »Dahinten stehen Herr Satt und Herr Scheinheim.«

In einer Ecke der Halle standen die beiden und redeten aufeinander ein.

»Es sieht ja fast so aus, als würden sie sich streiten«, meinte Blümchen.

»Ach, da geht es bestimmt nur um so einen langweiligen Geschäftskram«, entgegnete ich. »Komm, da hinten dürfen wir bestimmt wieder probieren!«

Herr Süßlich war wirklich nicht kleinlich. Fast überall durften wir von den Schokobonbons naschen.

»Die schmecken ja zaubergalaktisch!«, rief Amanda entzückt.

»Das liegt an unserem Geheimrezept«, erklärte Herr Süßlich stolz.

»Welches Geheimrezept denn?«, fragte ich.

Herr Süßlich lächelte mich an. »Wenn ich dir das sagen würde, wäre es ja nicht mehr geheim. Aber in der nächsten Halle werdet ihr sehen, was ich meine.«

»Das ist das Herzstück unserer Fabrik«, sagte Herr Süßlich, als wir die nächste Halle betraten, und zeigte auf drei riesige Kupferkessel. »Hier wird die Masse für unsere Bonbons gekocht.«

In der Halle war es heißer als in einer Sauna und der Geruch war auch nicht gerade appetitanregend.

»Und was ist jetzt mit dem Geheimrezept?«, fragte Blümchen.

Herr Süßlich sah auf seine Uhr. »Wir sind pünktlich!«, rief er.

Ich sah auch auf meine Armbanduhr. Es war fast genau zwölf Uhr und eine Sirene heulte auf, dass mir vor Schreck beinahe ein Schokobonbon im Hals stecken geblieben wäre.

Als die Sirene verstummte, wurde es leise in der Fabrik.

»Die haben die Maschinen abgestellt«, flüsterte Blümchen mir zu.

Plötzlich kamen von überall her Menschen in die Halle geströmt und stellten sich links und rechts der großen Kupferkessel auf wie zu einer Parade. Dabei gab es kein Drängen und kein Schubsen, so als hätte jeder seinen Stammplatz.

Als sich niemand mehr rührte, ging Herr Süßlich zu einem kleinen Stahlschrank, holte einen Gong heraus und schlug dreimal darauf. Im gleichen Augenblick öffnete sich eine Tür am anderen Ende der Halle und ein Mann trat heraus. Es wurde noch stiller in der Halle. Nur in den Kesseln hörte man es brodeln und glucksen.

Ich musste dreimal hinsehen, bis ich erkannte, dass der Mann, der nun mit steifen Schritten durch die Halle stakste, Herr Riese war.

Durch unsere Besuchergruppe ging ein Raunen. Das war kein Wunder, denn der Aufzug von Herrn Riese passte wirklich nicht in eine Fabrikhalle. Er trug einen

schwarzen Frack und einen Zylinder. Mit weißen Handschuhen trug er ein silbernes Tablett vor sich her, auf dem drei Glasflaschen standen: eine rote, eine gelbe und eine blaue.

Herr Riese schritt bis zum ersten Kessel. Dort übergab er das Tablett einem Mann und nahm die rote Glasflasche herunter. Die Flasche in der Hand kletterte er eine Leiter empor, bis zu einer Luke am oberen Rand des Kessels. Mit einer eleganten Handbewegung öffnete Herr

Riese sie, goss den Inhalt der Flasche hinein und schloss die Luke wieder. Dann kletterte er die Leiter herunter und nahm das Tablett an sich, nachdem er die leere Glasflasche darauf gestellt hatte.

Mit dem Tablett in der Hand marschierte er zum zweiten Kessel, wo sich das Ganze mit der gelben Flasche wiederholte. Als er vom dritten Kessel heruntergeklettert war, in den er den Inhalt der blauen Flasche gegossen hatte, kam er mit drei leeren Flaschen auf dem Tablett auf uns zu. Vor Herrn Süßlich blieb er stehen und beide verbeugten sich mit unbeweglichem Gesicht. Herr Riese machte auf dem Absatz kehrt, lief, das Tablett vor sich hertragend, den ganzen Weg zurück und verschwand hinter der Tür, durch die er hereingekommen war. Genau in dem Augenblick, als die Tür ins Schloss fiel, tönte Herrn Süßlichs Gong dreimal.

So, als wäre nichts gewesen, setzten sich die Leute, die Herrn Riese zuvor mit ernsten Gesichtern beobachtet hatten, in Bewegung. Kurz darauf war aus den anderen Hallen wieder das Geratter der Maschinen zu hören.

»War das das Ritual?«, fragte ich Herrn Süßlich.

Der lächelte mich an und nickte.

»Und was hatte das für einen Sinn?«, fragte Opa Schraube.

»Das fragen Sie Herrn Riese lieber selber«, antwortete Herr Süßlich. »Der kann Ihnen das besser erklären. Wir haben in der Kantine Würstchen und Kartoffelsalat für Sie vorbereitet. Herr Riese kommt zu Ihnen, sobald er sich umgezogen hat.«

Wir hatten die Würstchen und den Kartoffelsalat schon fast vollständig vernichtet, da erschien Herr Riese endlich. Er setzte sich an unseren Tisch und nickte freundlich in die Runde. Wir hörten mit dem Essen auf und sahen ihn erwartungsvoll an.

»Nun wissen Sie, was das Ritual ist, von dem mein Schwiegersohn und ich gesprochen haben«, sagte er, immer noch lächelnd.

»Es war schon sehr beeindruckend«, sagte Amanda. »Ein wenig hat es mich an meine Kunst erinnert. Zaubergalaktisch, gewissermaßen.«

Herr Riese lachte auf. »Ein wenig Zauberei ist es schon! Aber, um es wirklich zu verstehen, müssen Sie etwas mehr über die Geschichte unserer Fabrik wissen. Mein Großvater hat sie vor fast hundert Jahren gegründet. Er war Konditor und hatte sich ein Rezept für Schokoladenbonbons ausgedacht. Das Besondere an diesem Rezept war, dass man der Bonbonmasse gewisse Aromastoffe zufügt – selbstverständlich auf natürlicher Basis.«

»War das das Zeug, was Sie in die Kessel gegossen haben?«, fragte Willi.

Herr Riese nickte. »So ist es. Ganz entscheidend dabei ist, dass unsere Masse in drei Arbeitsgängen gekocht wird, darum auch die drei Kessel. Und für jeden Arbeitsgang braucht man eine spezielle Mischung der Aromastoffe. Man darf die drei auch nicht verwechseln. Wenn man zum Beispiel erst die gelbe und dann die rote Flasche hineingießt, schmecken die Bonbons wie Schmierseife. Und verwechselt man gar die rote und die blaue

Flasche, nehmen sie den Geschmack von Kuhfladen an.«

Ich fragte mich, woher Herr Riese wusste, wie Kuhfladen schmecken, aber das war wohl nicht so wichtig.

»Und diese Aromastoffe sind das Geheimrezept, von dem Herr Süßlich gesprochen hat?«, fragte Papa.

»So ist es. Und das kenne nur ich. Darum muss auch ich das Ritual vornehmen. So war das schon immer in unserer Familie. Erst als mein Großvater gestorben war, durfte mein Vater die Pergamentrolle sehen, auf der das Geheimrezept aufgeschrieben ist. Und bei mir und meinem Vater war es genauso.«

»Und was passiert, wenn Sie – ich meine, nach Ihnen?«, fragte Elsbeth.

»Dann wird Bella es fortführen«, sagte Herr Riese mit ernstem Gesicht. »Sie interessiert sich zwar nicht für die Firma, aber sie wird es wohl tun müssen, wenn sie nicht ganz mit der Familientradition brechen will.«

»Diese Pergamentrolle liegt doch sicher in einem Safe«, sagte Papa.

»Nein, die ist bei mir zu Hause«, lachte Herr Riese. »Aber keine Angst, Herr Detektiv, sie liegt sicher in einem Geheimversteck. Das Haus, in dem ich lebe, hat mein Großvater gebaut. Dort befindet sich auch noch die Küche, in der er das Rezept entwickelt hat und in der ich immer noch die Aromastoffe zusammenstelle.«

»Warum schütten Sie diese Aromastoffe nicht einfach in die Kessel?«, fragte Opa Schraube. »Warum veranstalten Sie dieses – Ritual?«

Herr Riese lächelte Opa Schraube an. »Auch das hat mein Großvater eingeführt. Und nun ist es unsere Tradition. Unsere Mitarbeiter lieben das. Manche von ihnen könnten bei der Konkurrenz sogar mehr verdienen, aber sie bleiben wegen dieser Tradition.«

»Warum denn das?«, fragte Günter.

»Weil es ihnen Sicherheit gibt. Solange ich Punkt zwölf Uhr mit meinem Frack in die Halle komme, wissen sie, dass alles noch in Ordnung ist. Dass alles noch so ist wie in der guten alten Zeit.«

»Und ist denn Ihrer Meinung nach noch alles in Ordnung?«, fragte Herr Scheinheim, der mittlerweile mit Herrn Satt zu uns an den Tisch gekommen war.

»Das müssen Sie meinen Schwiegersohn fragen. Aber davon gehe ich doch aus. Nicht wahr, Ernst?«

»Sicher«, sagte Herr Satt und lächelte etwas gezwungen.

Als wir von unserem Ausflug zur Schokobonbonfabrik zurückkehrten, hielten wir uns nicht mehr lange bei den Satts auf. Herr Riese war nach Hause gefahren und Herr Liebherr in der Firma geblieben. Nur der Rechtsanwalt Scheinheim war noch mitgekommen, weil er sehen wollte, wie es Frau Satt ging.

Die sei aber immer noch nicht aufgetaucht, berichtete Beatrice.

»Allmählich mache ich mir nun doch Sorgen um Bella«, sagte Herr Scheinheim. »Wollen Sie nicht nachsehen, wie es ihr geht?«

»Das mache ich, sobald Sie alle weg sind«, antwortete Herr Satt. »Sie müssen sich keine Sorgen machen. Sie schläft gern sehr lange.«

Bis wir zu Hause waren und uns von Amandas Geisterkränzchen und Opa Schraubes Boxerfreunden verabschiedet hatten, war es schon wieder Zeit für das Abendessen. Amanda kochte uns etwas so Scharfes, dass wir fast Feuer gespuckt hätten. Aber nach dem ganzen süßen Zeug in der Fabrik war es trotzdem eine Wohltat.

»Das war wohl das aufregendste Wochenende, das ich seit langem erlebt habe«, sagte Blümchens Mama.

»Und das verrückteste«, ergänzte Papa. »Erst die Kristallkugel, dann die verschwundenen Sachen und die Vogelscheuche und zum Abschluss dieses verrückte Ritual in der Fabrik.«

»Hast du denn eine Ahnung, wer uns diesen komischen Streich gespielt haben könnte?«, fragte ich Amanda.

»Vielleicht die Typen vom Restaurant«, meinte Opa Schraube.

Amanda schüttelte den Kopf und sah nachdenklich auf ihren Teller. »Ich glaube, es war jemand, der auch dort geschlafen hat. Ich weiß nicht, warum, aber mein Riecher sagt mir das.«

Opa Schraube schnaufte und paffte kleine blaue Wölkchen in die Luft.

»Mir kommt es so vor, als wäre das alles kein Zufall

und würde irgendwie zusammenhängen«, fuhr Amanda fort. »Aber ich weiß noch nicht, wie. Und das ärgert mich! Vielleicht sollte ich mich mit Sister X zurückziehen. Wenn sie dabei ist, kann ich besser nachdenken.«

* 7 *

Wie meistens, seit wir zusammen in einem Haus wohnten, schliefen Blümchen und ich zusammen in einem Zimmer. Dieses Mal war Blümchens Zimmer an der Reihe.

»Glaubst du, Amanda hat Recht?«, fragte sie mich, als wir uns in unsere Decken eingekuschelt hatten. »Ob das wirklich kein Zufall war?«

»Keine Ahnung«, antwortete ich. »Aber ich glaube bald auch nicht mehr an Zufälle.«

Ich sah meine Freundin an. Ich hatte sie immer noch nicht gefragt, warum sie wie ich in der letzten Nacht aufrecht im Bett gesessen hatte. Ich zögerte noch. Sollte ich sie überhaupt danach fragen? Ich wusste, dass es ihr unangenehm war, über ihren Vater und sein Verschwinden zu reden. Aber wenn ich keine Gewissheit hatte, würde ich verrückt werden!

»Gestern Nacht habe ich etwas geträumt«, begann ich vorsichtig.

»Ja? Ich auch.«

Das machte mir Mut.

»In dem Traum habe ich meine Mutter gesehen – und einen Mann«, sagte ich rundheraus.

Blümchen sah mich an und nickte. »Das habe ich mir schon gedacht.«

»Du hast dir das schon gedacht?«, rief ich. »Wieso –«

»Weil ich in meinem Traum meinen Vater und eine Frau gesehen habe.«

Ich wollte etwas sagen, doch ich bekam keinen Ton heraus.

Meine Freundin lächelte mich an. »Ich kenne dich doch. Du hast ein paar Mal begonnen mir davon zu erzählen, dann aber doch nicht weitergesprochen. Da wusste ich schon, dass es um unsere Eltern gehen musste.«

Ich setzte mich auf, legte meine Hände auf Blümchens Schulter und sah ihr fest in die Augen. »Ich habe da so einen Verdacht«, sagte ich leise. »Aber ich trau mich nicht, es zu sagen.«

Blümchen erwiderte meinen Blick. »Ich auch nicht.«

Ich holte tief Luft. »Zirkusmusik.«

»Wohnwagen.«

»Ein Tor, durch das die beiden gegangen sind.«

Blümchen schluckte. »Wie sieht deine Mama aus?«, fragte sie dann.

»Sie ist ziemlich klein und dünn, so wie ich. Rote Haare hat sie auch. Und wie sieht dein Papa aus?«

»Er ist ziemlich groß, glaube ich«, sagte Blümchen zögernd. »Aber er hatte damals schon nur noch wenig Haare.«

Ich sprang aus dem Bett.

»Wo willst du hin?«, rief Blümchen mir nach.

»In mein Zimmer! Ich hole ein Foto!«

Als ich mit Mamas Foto zurückkam, saß Blümchen im Bett und hielt auch ein Foto in der Hand. Ohne uns anzusehen, tauschten wir die Fotos aus und sahen sie uns an.

Es war unfassbar! Der Mann, der da in die Kamera lächelte, war der Mann, den ich in meinem Traum gesehen hatte.

Plötzlich hörte ich Blümchen leise neben mir schluchzen. Sie sah auf Mamas Foto, auf das schon zwei Tränen getropft waren, und nickte nur. Ich nahm sie in den Arm und dann heulten wir zusammen.

Als wir uns wieder beruhigt und mindestens zwei Päckchen Papiertaschentücher voll geschnäuzt hatten, ging es mir wieder besser. Auch Blümchen sah wieder einigermaßen gut aus, wenn man von den roten Augen absah.

Sie stand auf und holte zwei Tüten Gummibärchen aus ihrem Schrank.

»Eiserne Reserve«, sagte sie und gab mir eine.

»Weißt du denn, wann und wo dein Papa verschwunden ist?«, fragte ich kauend.

Als sie es mir sagte und auch das mit dem Verschwinden von Mama übereinstimmte, wunderte uns das beide nicht mehr.

»Was machen wir denn jetzt?«, fragte Blümchen. »Sollen wir es Mama und deinem Vater erzählen?«

»Ich glaube nicht, dass das so gut wäre. Stell dir mal vor, sie wüssten es. Wer weiß, ob sie dann überhaupt noch zusammen in einem Haus wohnen wollten.«

»Oh nein!«, rief Blümchen. »Das wäre ja das Schlimmste! Außerdem hätten sie auch nichts davon, wenn sie es wüssten. Die beiden sind ja immer noch verschwunden.«

»Eben. Aber mit irgendjemandem muss ich darüber reden«, sagte ich mehr zu mir selbst. »Sonst werde ich verrückt!«

»Amanda«, sagte Blümchen schnell. »Mit Amanda können wir darüber reden. Sie verrät Mama und deinem Papa bestimmt nichts.«

Plötzlich kam mir ein Gedanke. »Ob Sister X etwas damit zu tun hat? Schließlich war sie doch im Zimmer. Und dass wir beide gleichzeitig denselben Traum hatten, kann doch kein Zufall gewesen sein!«

»Wir fragen Amanda«, sagte Blümchen nur.

Es dauerte sehr lange, bis ich in dieser Nacht einschlief. Auch Blümchen wälzte sich, Paul fest umklammert, unruhig neben mir herum. Entsprechend schlecht fühlten wir uns am nächsten Morgen. Nun hatten wir Ferien und schliefen weniger als während der Schulzeit.

Während des Frühstücks in Amandas Küche kreisten meine Gedanken immer nur um Mama und Herrn Wolff. Ob sie wirklich ein Liebespaar gewesen waren? Aber warum hatten sie sich dann nie wieder gemeldet? Vielleicht hatte ihr Verschwinden ja auch einen ganz anderen Grund. Einen Grund, von dem weder wir noch Papa oder Frau Wolff etwas ahnten. Die Einzige, der ich zutraute uns weiterhelfen zu können, war Amanda. Ich hoffte, dass uns Papa, Opa Schraube und Gerda Wolff bald allein ließen, damit wir endlich mit ihr reden konnten.

Frau Wolff jammerte darüber, dass sie an der Reihe war, den Vertreter zu beobachten, wo sie noch so viel Schreibkram zu erledigen hatte. Opa Schraube konnte ihr *leider* nicht helfen, weil er *unbedingt* zum Boxclub musste.

»Du könntest auch mal wieder zum Training kommen«, sagte er zu Blümchen.

»Ach, Opa! Es sind doch Ferien. Aber nächste Woche komme ich ganz bestimmt wieder!«

»Na, hoffentlich.«

»Ich könnte doch den Vertreter übernehmen«, schlug Papa vor.

»Das würden Sie tun?«, rief Gerda Wolff und strahlte Papa an.

Papa und Frau Wolff waren auch ein hübsches Paar. Blümchen und ich hatten schon ein paar Mal davon geträumt, wie es wäre, wenn wir eines Tages Schwestern wären. Aber irgendwie kamen Papa und Frau Wolff sich nicht näher. Wahrscheinlich waren sie beide zu schüchtern. Vielleicht war es ja auch besser so, wenn ich an Mama und Herrn Wolff dachte.

Das Klopfen an unserer Tür riss mich aus meinen Gedanken. Papa sah auf seine Uhr. »Wer ist denn das schon so früh?«

»Ich mache auf!«, rief ich und lief zur Tür.

Als ich sie öffnete, traute ich meinen Augen nicht.

»Herr Riese!«, rief ich erstaunt. »Was machen Sie denn hier?«

»Ich habe schon an jeder Tür geklopft«, sagte Herr Riese und schnappte nach Luft, »aber es hat nirgendwo jemand geöffnet.«

»Wir sind ja auch alle hier«, sagte ich.

»Ausgerechnet im Dachgeschoss«, schnaufte Herr Riese. »Kann ich mal deinen Vater sprechen?«

Ich ließ ihn herein. Alle waren genauso überrascht darüber wie ich, wer uns da besuchte. Nur Amanda sah wieder einmal so aus, als hätte sie schon vorher gewusst, was passieren würde.

»Setzen Sie sich doch und trinken eine Tasse Kaffee mit uns«, sagte sie zu Herrn Riese.

Der ließ sich auf einen Stuhl fallen und wischte sich die Stirn mit einem Taschentuch ab.

»Sie wundern sich sicher darüber, warum ich Sie hier aufsuche«, begann er, »aber es ist etwas sehr Unangenehmes geschehen. Meine Tochter ist verschwunden.«

Ich erschrak und gleichzeitig fragte ich mich, ob »unangenehm« wohl das richtige Wort war, wenn die eigene Tochter verschwindet.

»Verschwunden?«, fragte Papa. »Was meinen Sie?«

»Na, sie ist weg!«, rief Herr Riese. »Was soll das sonst heißen?«

»Ist sie fortgelaufen?«, fragte Amanda

Herr Riese zuckte mit den Schultern. »Das weiß ich nicht. Mein Schwiegersohn geht jedenfalls davon aus. Er hat mich vorhin angerufen. Ich frage mich, warum er so lange gewartet hat! Schließlich hat er ihr Verschwinden doch gestern schon bemerkt, nachdem er sich von Ihnen verabschiedet hatte.«

Mir fiel ein, dass Herr Satt gesagt hatte, er wolle nach seiner Frau sehen, wenn wir fort wären.

»Hatte sie denn einen Grund fortzulaufen?«, fragte Frau Wolff.

Herr Riese sah sie mit großen Augen an. »Einen Grund? Nein! Welchen Grund sollte sie wohl gehabt haben? Sie hat doch alles!«

»Na ja«, sagte Gerda Wolff gedehnt. »Ich hatte am Wochenende den Eindruck, dass zum Beispiel Sie und Ihre Tochter sich nicht so gut verstehen.«

Herr Riese warf Frau Wolff einen ärgerlichen und gleichzeitig verlegenen Blick zu. »Ach, das dürfen Sie nicht so ernst nehmen. Das sind nur kleine Meinungsverschiedenheiten zwischen Vater und Tochter.«

Frau Wolff sagte nichts darauf, aber in ihrem Gesicht war deutlich zu lesen, dass sie das ganz anders sah.

»Und warum sind Sie zu uns gekommen?«, fragte Papa.

»Sie müssen mir helfen!«, rief Herr Riese fast flehentlich. »Bitte finden Sie meine Tochter wieder!«

»Warum denn ausgerechnet wir?«

»Na, Sie sind doch Detektive, oder nicht?«

»Gibt es denn irgendeinen Hinweis, wo Ihre Tochter geblieben sein könnte?«, fragte Amanda.

Herr Riese schüttelte den Kopf. »Das weiß ich nicht. Aber vielleicht kann Ihnen mein Schwiegersohn weiterhelfen. Er weiß, dass ich Sie beauftragen will. Begeistert war er davon nicht gerade, wenn ich ehrlich bin, aber schließlich war er doch damit einverstanden.«

»Warum gehen Sie eigentlich nicht zur Polizei?«, fragte Opa Schraube.

»Polizei?«, rief Herr Riese erschreckt. »Glauben Sie, das ist nötig?«

»Im Augenblick vielleicht noch nicht«, antwortete Amanda. »Aber wenn sich herausstellen sollte, dass Ihre Tochter doch nicht freiwillig fortgegangen ist …«

»Sie meinen – Entführung?«, unterbrach Herr Riese sie.

»Ja, zum Beispiel. Ich will es nicht hoffen, aber wir müssen alles in Betracht ziehen. In einem solchen Fall müssten wir sofort die Polizei einschalten.«

»Ja, ja, sicher«, sagte Herr Riese und stand auf. »Und bitte machen Sie sich über Ihr Honorar keine Sorgen. Ich werde bezahlen, was Sie verlangen.«

»Aber Herr Riese!«, rief Papa großzügig. »Wir werden doch nicht …«

Papa sprach nicht weiter. Es sah beinahe so aus, als hätte Frau Wolff ihm unter dem Tisch vor sein Schienbein getreten.

»Ich muss jetzt gehen«, sagte Herr Riese. »Mein rotes Aroma ist aufgebraucht. Wenn ich nicht bald beginne neues zu mischen, schaffe ich es nicht mehr bis zwölf Uhr.«

»Na, der hat Nerven«, sagte Frau Wolff, als Herr Riese gegangen war. »Seine Tochter ist verschwunden und er macht sich Gedanken um seinen roten Aromastoff.«

Amanda klatschte in die Hände. »Ich habe es doch gewusst!« rief sie. »Ich wusste gleich, dass das Wochenende bei den Satts noch ein Nachspiel haben würde. Nur, dass es gleich so dramatisch sein würde, hätte ich nicht gedacht.«

»Hoffentlich ist Frau Satt nichts passiert«, sagte Blümchen.

Amanda zeigte auf ihre Nasenspitze und beugte sich zu Blümchen vor. »Weißt du, was das ist, Blümchen?«

»Äh – eine Nase«, sagte Blümchen verdattert.

»Genau! Das ist mein Riecher. Und der sagt mir, dass Frau Satt nichts Schlimmes geschehen ist. Fragt mich nicht, warum, aber ich fühle es einfach. Auf jeden Fall müssen wir unsere Tagespläne jetzt ändern«, sagte Amanda. »So leid es mir tut, Frau Wolff, aber es wäre besser, wenn Sie heute doch den Vertreter übernähmen. Herr Kaminski können wir woanders besser gebrauchen.«

»Wo denn?«, fragte Papa.

»Könnten Sie bitte zur Polizei gehen und unauffällig Ihre alten Beziehungen ein wenig spielen lassen? Vielleicht liegt dort ja doch etwas vor, was mit Frau Satt zu tun hat. Möglicherweise war sie in einen Unfall verwickelt oder so etwas. Ich will es nicht hoffen, aber sicher ist sicher. Außerdem wäre es gut, wenn Sie herausfinden könnten, ob die Familie Satt oder Riese schon einmal etwas mit der Polizei zu tun hatte – abgesehen von der Sache mit dem gestohlenen Schmuck natürlich.«

»Was machen Sie denn dann?«, fragte Papa Amanda.

»Ich werde zu Eleonore fahren. Sie ist über jeden Klatsch und Tratsch ja immer bestens informiert. Vielleicht hatte Frau Satt ja doch einen Grund, ihre Familie zu verlassen. Etwas, das Herr Riese nicht weiß oder nicht sagen will.«

»Wir fahren mit!«, rief ich. Da Amanda nichts sagte, war sie wohl einverstanden.

»Und was ist mit mir?«, fragte Opa Schraube.

»Sie gehen in Ihren Boxclub. Da richten Sie wenigstens kein Unheil an.«

Opa Schraube sah Amanda mit zusammengekniffenen Augen an und zog so heftig an seiner Zigarre, dass sein Kopf in ein paar Augenblicken in eine dicke Qualmwolke eingehüllt war.

Ich fragte mich, warum sich Opa Schraube und Amanda ständig zankten, obwohl sie sich doch in Wirklichkeit gut leiden konnten. Aus Erwachsenen soll jemand schlau werden!

»Also los!«, rief Amanda. »Es wäre doch gelacht, wenn wir Frau Satt nicht schon bald wieder finden würden!«

✱ 8 ✱

»Ah, Miss Amanda! How nice, Sie zu sehen!«, begrüßte uns Eleonores Butler an der Eingangstür. »And die young ladies haben Sie auch mitgebracht!«

»Hallo, Charles«, sagte Amanda. »Wie geht es you today?«

»Oh, thank you für the Nachfrage«, strahlte Charles. »Mir geht es very well! Ich werde you gleich bei der gnädigen Mylady anmelden. Und für das sheep finden wir, wie immer, ein Plätzchen in the garden.«

Als Sister X gemütlich in Eleonores Vorgarten graste, folgten wir Charles durch die Halle von Eleonores Schloss. Sie war nur ein wenig kleiner als die der Satts. Wie immer, wenn wir Eleonores Butler begegneten, durfte ich Blümchen nicht ansehen, sonst hätten wir beide lauthals losgelacht. Amanda hatte uns erzählt, dass Charles eigentlich Karl heißt und ganz in der Nähe aufgewachsen ist. Er hatte aber sein Leben lang davon geträumt, so vornehm und unnahbar wie ein englischer Butler zu sein. Nur mit der englischen Sprache hat er so seine Probleme.

Charles führte uns zur Bibliothek. Ich fragte mich, warum diese Häuser so viele Zimmer hatten, wenn die Leute, die darin wohnten, sich doch immer nur in der Bibliothek aufhielten.

»Gnädige Mylady!«, rief Charles durch die geöffnete Tür. »Miss Amanda und die young ladies!«

Eleonore stand am Fenster und blätterte in einem Buch. »Amanda! Wie schön, dich zu sehen. – Danke, Charles! Vielleicht möchten unsere Gäste etwas trinken?«

»Ein Tässchen Coffee, Miss Amanda?«, fragte Charles und kräuselte die Nase.

Amanda nickte. »Gerne, Charles. Vielen Dank.«

»And die young ladies? Ein Gläschen Applesaft?«

»Oh, yes, Charles, very gerne«, antwortete Blümchen und hielt sich die Hand vor den Mund, um das Kichern zu verbergen.

»Ich hätte nicht gedacht, dass ich euch so schnell wiedersehen würde«, sagte Eleonore, nachdem Charles den Coffee und den Applesaft serviert hatte.

»Das hat auch einen besonderen Grund«, sagte Amanda und erzählte von Herrn Rieses Besuch bei uns.

»Verschwunden!«, sagte Eleonore und wiegte den Kopf hin und her, als Amanda mit ihrem Bericht fertig war. »Das ist ja äußerst unerfreulich.«

»Herr Satt glaubt, seine Frau sei fortgelaufen, aus freien Stücken sozusagen«, berichtete Amanda weiter. »Ehrlich gesagt, glaube ich das auch.«

»Wie kommst du zu der Annahme?«, fragte Eleonore.

»Ein Gefühl, mehr nicht. Aber ehrlich gesagt habe ich gehofft, dass du mir ein paar Informationen geben könntest, die das bestätigen.«

»Du bist ein schlauer Fuchs, Amanda«, schmunzelte Eleonore. »Und du hast wieder einmal Recht. Es gibt da tatsächlich etwas, das deine Vermutung bestätigen könnte.«

Das hörte sich ja sehr interessant an. Und als sich Eleonore dann noch ein wenig vorbeugte, so, als wolle sie nicht, dass uns jemand belauscht, hingen Blümchen und ich an ihren Lippen.

»Man munkelt«, begann Eleonore leise, »Bella sei zu der Ehe mit Ernst Satt gewissermaßen gezwungen worden.«

»Gewissermaßen gezwungen?«, rief ich. »Wie geht das denn?«

Ich erntete von Amanda einen Blick, der mir sagte, dass ich lieber meine vorlaute Klappe halten solle.

»Genauer gesagt war es ein Geschäft«, fuhr Eleonore unbeirrt fort. »Bella hat sich wohl nie sehr für die Fabrik interessiert. Ihre Liebe galt mehr der Kunst. Jedenfalls als sie noch jung war. Sie hat, wenn ich mich richtig erinnere, auch Klavier studiert. Darunter hat ihr Vater wohl sehr gelitten.«

»Das scheint heute noch so zu sein, wenn man ihrem Vater glauben darf«, ergänzte Amanda.

»Er hat sich wohl auch immer noch einen Sohn gewünscht, der die Fabrik einmal übernimmt. Aber nach-

dem sich Frau Riese scheiden ließ und der alte Riese auch nicht mehr geheiratet hat, wurde daraus nichts mehr.«

»Ach, er ist geschieden?«, fragte Amanda.

»Ja. Soviel man hört, hat er sich wohl immer nur für seine Fabrik interessiert. Sein Großvater hat sie zwar gegründet und sein Vater hat sie weitergeführt, aber er hat sie zu der großen Firma gemacht, die sie heute ist. Doch das hatte seinen Preis. Tagein, tagaus immer nur Schokoladenbonbons. Er sieht ja selbst schon aus wie ein Schokoladenbonbon!«, kicherte Eleonore, aber dann riss sie sich wieder zusammen. Solche Albernheiten waren wohl doch etwas übertrieben für eine feine Dame.

»Und dann kam noch dazu«, fuhr Eleonore fort, »dass Bella nicht nur wenig Interesse für Schokoladenbonbons aufbrachte, sondern auch sonst wenig am gesellschaftlichen Leben teilnahm. Jedenfalls hatte sie bis vor ein paar Jahren noch keinen Mann gefunden.«

»Die können ja auch manchmal richtige Schokoladenbonbons sein«, kicherte nun Amanda.

Eleonore hob die Augenbrauen, schüttelte kaum merklich den Kopf und deutete mit den Augen auf Blümchen und mich.

Eleonore beugte sich noch ein Stück näher zu uns vor. Als sie weiterredete, flüsterte sie so leise, dass wir sie kaum verstehen konnten. »Und dann kam Ernst Satt ins Spiel. Er hatte schon vorher einige Jahre in einer Führungsposition bei Riese gearbeitet. Der alte Riese muss ihn überredet haben seine Tochter zu heiraten. Doch der war nur damit einverstanden, so weiß ich aus zuverlässiger Quelle, wenn er als Gegenleistung dafür die Fabrik bekam. Wie sie Bella dazu gebracht haben, Satt zu heiraten, kann ich leider nicht sagen. Wahrscheinlich haben sie sie überrumpelt. Sie war ja wohl ein wenig weltfremd, die Arme.«

Eleonore lehnte sich zurück und sah uns an wie jemand, der gerade die Neuigkeit des Jahrhunderts berichtet hatte.

Amanda lobte sie. »Du hast uns sehr geholfen, Eleonore. Wenn Bella Satt ihren Mann nicht liebt und ihr vielleicht erst jetzt bewusst wurde, dass sie wie eine Tüte Schokoladenbonbons an Ernst Satt verschachert worden war, wäre das schon ein Grund fortzulaufen.«

»Nicht wahr?«, sagte Eleonore und tupfte sich mit einem Spitzentaschentuch die Stirn.

Als Charles »Miss Amanda« und die »young ladies« wieder zu Amandas Bubi und ihrem »sheep« zurückführte, dachte ich an das, was Eleonore uns erzählt hatte. Und ich musste an Papa denken. Sicher, er war nicht der beste Polizist gewesen und wir hatten auch nicht viel Geld, aber ich war froh ihn als Papa zu haben und nicht Herrn Riese. Plötzlich stieß Blümchen mich an.

»Sollen wir es ihr jetzt sagen?«, flüsterte sie.

»Noch nicht«, flüsterte ich zurück. »Nachher, wenn wir allein sind.«

Wir waren gerade durch das Tor zu Eleonores Grundstück geknattert, als Amanda ihren Bubi an den Straßenrand fuhr und abstellte.

»So«, sagte sie, »jetzt sind wir allein. Was wollt ihr mir also sagen?«

»Woher weißt du das?«, rief ich.

Amanda grinste mich an. »Wenn ihr etwas vor mir geheim halten wollt, müsst ihr schon leiser flüstern. Also, ihr beiden, was habt ihr auf dem Herzen?«

Wir stiegen von Bubi und setzten uns auf eine Bank in der Nähe. Dann erzählten wir Amanda, welche Entdeckung wir in der letzten Nacht gemacht hatten, und vor allem, wie wir es herausgefunden hatten.

Amanda sah eine Weile nachdenklich auf den Boden. »Ihr hattet also denselben Traum«, sagte sie dann. »Das ist zwar sehr selten, aber es kommt vor. Vor allem dann, wenn zwei Menschen dasselbe Schicksal miteinander verbindet. Und das ist bei euch das Verschwinden von deiner Mutter, Ricki, und deinem Vater, Blümchen. Habt ihr euch denn während des Traums berührt?«, wollte Amanda wissen.

»Ja!«, rief ich. »Wir haben uns an der Hand gehalten!«

»Richtig festgekrallt«, verbesserte Blümchen.

»Das erklärt es«, sagte Amanda. »Dasselbe Schicksal und die Berührung.«

»Und Sister X war dabei!«, rief ich. »Hatte sie etwas damit zu tun?«

Amanda zuckte mit den Schultern. »Das kann ich euch nicht sagen. Aber Sister X ist ein sehr außergewöhnliches Schaf. Das wisst ihr ja.«

Das wussten wir allerdings, obwohl uns das auch nicht sehr viel weiterhalf.

»Was sollen wir denn jetzt machen?«, fragte Blümchen. »Sollen wir es Mama und Herrn Kaminski erzählen?«

»Das würde ich nicht tun«, sagte Amanda sofort. »Damit helft ihr ihnen nicht. Ganz im Gegenteil. Ihr wisst zwar jetzt, dass die beiden gemeinsam verschwunden sind, aber nicht, warum oder wohin.«

»Glaubst du, sie leben noch?«, fragte ich Amanda vorsichtig.

Amanda tippte wieder an ihre Nase. »Einen Riecher habe nicht nur ich, sondern ihr auch. Was glaubt ihr denn? Was fühlt ihr?«

»Ich glaube, sie leben noch!«, rief ich sofort.

Blümchen nickte. »Ich auch!«

»Dann wird es auch so sein«, sagte Amanda.

»Meinst du, wir sollen sie suchen?«, fragte Blümchen.

»Das würde ich an eurer Stelle nicht tun«, sagte Amanda. »Erstens wisst ihr doch gar nicht, wo ihr nach ihnen suchen sollt. Und dann solltet ihr euch, bevor ihr anfangt sie zu suchen, darüber im Klaren sein, ob ihr sie überhaupt finden wollt. Manchmal ist es besser, Dinge nicht zu wissen.«

Das verstand ich zwar nicht, aber ich widersprach nicht.

»Und wenn es euer Schicksal ist, sie zu suchen und zu finden, dann werdet ihr noch mehr Zeichen erhalten. Und dann ist vielleicht auch ein Hinweis dabei, wo ihr mit eurer Suche beginnen könnt.«

Wir gaben uns damit zufrieden. Jedenfalls sagten wir Amanda das. Für mich stand allerdings fest, dass ich nicht einfach so hinnehmen wollte, dass sie verschwunden waren. Irgendwann würden Blümchen und ich sie suchen und auch finden!

»Fahren wir jetzt nach Hause?«, fragte Blümchen, als wir wieder auf Bubi saßen.

»Nein«, antwortete Amanda. »Jetzt statten wir Ernst Satt in seiner Fabrik einen Besuch ab. Bin doch mal gespannt, was er zum Verschwinden seiner Frau sagt!«

Zum Glück hatte derselbe Pförtner Dienst wie am Tag zuvor. Bestimmt würde es so leichter sein, zu Herrn Satt zu kommen.

Er erkannte uns noch.

»Ah, die Besuchergruppe von gestern!«, rief er uns entgegen. Doch dann fiel sein Blick auf Sister X. »Das Schaf können Sie aber nicht mit hineinnehmen.«

»Oh, doch«, sagte Amanda. »Das können wir. Das ist nämlich ein Testschaf.«

»Ein was?«

»Ein Testschaf. Es soll testen, ob ihm ihre zaubergalaktischen Schokoladenbonbons mit dem rituellen Geheimrezept auch schmecken.«

»Hören Sie«, schnaufte der Pförtner. »Ich weiß, dass Sie gestern mit Herrn Riese und dem Chef hier waren. Sie müssen also gute Beziehungen haben. Das gibt Ihnen aber noch lange nicht das Recht, mich zu verarschen!«

»Das tue ich auch nicht«, sagte Amanda und lächelte ihn freundlich an. »Herr Satt möchte wissen, ob seine Bonbons auch für Schafe geeignet sind.«

»Warten Sie!«, unterbrach der Pförtner Amanda. »Ich muss telefonieren.«

Nach einer Weile kam er wieder zurück. »Der Chef sagt, sie sollen zu ihm kommen. Und das Schaf dürfen Sie mitnehmen.«

»Sage ich doch«, schmunzelte Amanda und stolzierte mit Sister X an ihm vorbei.

»Von einem Testschaf hat er aber nichts gesagt!«, rief er uns nach.

Ohne weitere Zwischenfälle kamen wir bis zum Vorzimmer von Herrn Satt. Da saß eine Frau mit einer Brille hinter einem großen Schreibtisch. Das musste die Sekretärin von Herrn Satt sein. Als sie uns entdeckte, rutschte ihre Brille ein Stück die Nase herunter.

Amanda steuerte auf sie zu. »Guten Tag. Mein Name ist Amanda X. Ich bin Hellseherin, Medium und Geisterbeschwörerin. Und das sind Ricki Kaminski und Blümchen Wolff. Außerdem darf ich Ihnen Sister X vorstellen, mein Schaf und Medium. Es ist nämlich außerirdisch, müssen Sie wissen.«

»Äh – ja, selbstverständlich«, stotterte die Frau, während ihre Brille nur noch von ihrer Nasenspitze gehalten wurde. »Herr Dingsbums – ich meine Herr Satt hat mir schon gesagt, dass Sie und dieses – Ding kommen würden. Herr Klein – ich meine Herr Riese ist auch schon da.«

»Herr Riese ist da. Das ist ja interessant«, sagte Amanda und ging an der armen Sekretärin vorbei in Herrn Satts Büro. In dem Augenblick rutschte ihr die Brille von der Nase.

Der Schreibtisch der Sekretärin war ja schon ziemlich groß gewesen, aber auf Herrn Satts Schreibtisch hätte ich Skateboard fahren können. Sein Büro sah genau so aus, wie ich mir immer das Büro eines Chefs vorgestellt hatte: dunkle Möbel, große Ledersessel, Holzvertäfelung und jede Menge Bilder an den Wänden. So ein Büro würde mir auch gefallen!

In einem der Ledersessel saß Herr Riese. Darin sah er noch kleiner aus, als er ohnehin schon war.

»Gut, dass Sie kommen«, sagte Herr Satt und zeigte auf die anderen Ledersessel. »Setzen Sie sich. Ich habe Sie schon erwartet.«

»Tatsächlich?«, fragte Amanda. »Wieso haben Sie mich erwartet?«

»Ja, hat Sie Ihr Partner denn nicht erreicht?«, fragte Herr Satt.

»Mein Partner?«, fragte Amanda zurück. »Meinen Sie Herrn Kaminski?«

»Ja, sicher. Er war doch vorhin bei der Polizei, als ich dort angerufen habe«, sagte Herr Satt. »Ich war zwar dagegen, aber mein Schwiegervater hat darauf bestanden.«

»Warum sollte Herr Satt denn bei der Polizei anrufen?«, fragte Amanda Herrn Riese.

Der sank noch ein wenig mehr in dem Sessel zusammen. »Unsere schlimmsten Befürchtungen haben sich leider bestätigt«, sagte er leise. »Meine Tochter ist entführt worden.«

∗ 9 ∗

Amanda ließ sich neben Herrn Riese in einen Sessel fallen. Es war das erste Mal, dass Blümchen und ich sie wirklich fassungslos sahen.

»Entführt«, brachte sie heraus. »Das kann ich nicht glauben. Sind Sie sich sicher?«

»Leider ja«, sagte Herr Satt. »Der Entführer hat bei meinem Schwiegervater angerufen und gesagt, er hätte meine Frau in seiner Gewalt. Er würde sie erst wieder freilassen, wenn wir ein Lösegeld bezahlen.«

»Er?«, fragte Amanda. »War es ein Mann?«

»Ja, es war eine männliche Stimme«, sagte Herr Riese. »Aber sie klang irgendwie verstellt, als würde sie absichtlich verzerrt werden. Trotzdem kam sie mir bekannt vor. Nur weiß ich beim besten Willen nicht, woher.«

»Und wie viel sollen Sie bezahlen?«, fragte Amanda.

Als Herr Riese die Summe nannte, wurde mir schwindelig. So viel Geld konnte ich mir kaum vorstellen.

»Haben Sie denn so viel?«, fragte Amanda Herrn Satt.

»Im Grunde schon. Es steckt nur alles in der Firma. Investitionen, Sie verstehen. Das würde eine Weile dauern, bis ich es flüssig gemacht hätte.«

»Ich bezahle es!«, rief Herr Riese dazwischen. »Es ist zwar fast alles, was ich besitze, aber das ist mir egal.«

Amanda schüttelte den Kopf. »Ich kann es nicht glauben. Ich kann es einfach nicht glauben«, sagte sie immer wieder.

Nach dem Gespräch mit Eleonore hätte ich auch darauf gewettet, dass Frau Satt weggelaufen war. Und wenn es nicht um sie gegangen wäre, hätten die beiden mir noch nicht einmal leidgetan, so wie sie die arme Bella behandelt hatten.

Auf Satts Schreibtisch piepte eine Gegensprechanlage. Er ging hin und drückte auf einen Knopf.

»Ja, was gibt's?«

»Ich verstehe das nicht, Herr Satt!«, krächzte die Stimme der Sekretärin durch den Lautsprecher. »Erst diese Frau und das Schaf und jetzt auch noch die Polizei!«

»Das geht schon in Ordnung«, sagte Herr Satt. »Die Herren sind nur wegen einer Routinesache hier. Kein Grund zur Besorgnis.«

Es war unglaublich! Ich wusste es ja besser, aber wenn ich die Sekretärin gewesen wäre, hätte ich ihm jedes Wort geglaubt. Der Typ konnte lügen, ohne rot zu werden. Aber wahrscheinlich muss man das können, wenn man ein reicher Geschäftsmann ist.

Wie ich befürchtet hatte, kam Kommissar Pauer als Erster durch die Tür. Ihm folgten ein paar seiner Kollegen. Und dann kam Papa herein.

»Hallo!«, rief Papa, als er uns sah. »Ihr seid auch hier? Das ist aber ein Zufall.«

»Na ja, ganz so zufällig ist es nicht«, meinte Amanda.

»Bei mir auch nicht. Die Kollegen – ich meine die früheren Kollegen haben mich mitgenommen, weil ich ja sozusagen schon in der Sache bei ihnen war.«

»Es ist unglaublich«, sagte Kommissar Pauer mit einem Seitenblick auf Sister X. »Sie werde ich wohl nie mehr los.«

»Worauf Sie sich verlassen können«, grinste Amanda ihn an.

Kommissar Pauer war früher Papas Kollege gewesen. Er und Papa hatten sich nie verstanden, vor allem weil Pauer Papa immer spüren ließ, dass er nichts von ihm hielt. Er hatte Papa auch verdächtigt an dem Schmuckraub beteiligt gewesen zu sein. Doch zum Glück hatten wir das Gegenteil beweisen können.

Nachdem Herr Riese und Herr Satt den Beamten die Geschichte noch einmal erzählt hatten, ergriff Herr Pauer die geeigneten Maßnahmen, wie die Leute bei der Polizei so schön sagen.

»Wir werden die Telefone hier, bei Ihnen zu Hause und bei Ihrem Schwiegervater überwachen«, sagte er zu Herrn Satt.

»So weit kommt es noch!«, rief Herr Satt. »An diesem Telefon werden Geschäftsgeheimnisse besprochen!«

Herr Pauer sah Herrn Satt mit einem langen Blick an. »Glauben Sie im Ernst, wir interessieren uns für Ihre

Schokoladenbonbons? Außerdem wollen Sie doch Ihre Frau wiederhaben, oder?«

»Sicher«, sagte Herr Satt kleinlaut. »Dann tun Sie, was Sie nicht lassen können.«

»Weiß sonst noch jemand von der Entführung?«, fragte Herr Pauer weiter.

»Nein«, antwortete Herr Satt. »Nur die, die hier sind.«

Pauer sah in die Runde. »Und das soll auch so bleiben. Habe ich mich verständlich ausgedrückt?«

Wir nickten brav, obwohl ich diesem aufgeblasenen Typen am liebsten an die Gurgel gesprungen wäre. Er und Herr Satt passten wirklich prima zusammen.

Herr Pauer sah sich um wie ein Feldherr nach gewonnener Schlacht. »Gut«, sagte er dann. »Fangen wir gleich hier an. Und ich möchte alle bitten, die nichts mit dem Fall zu tun haben, den Raum zu verlassen.« Dabei sah er uns an. »Und bitte verreisen Sie nicht ohne unser Wissen, bis der Fall aufgeklärt ist.«

»Ich möchte aber, dass Herr Kaminski und Frau Amanda sich auch weiterhin um die Sache kümmern«, sagte Herr Riese.

»Kommt gar nicht infrage!«, rief Herr Pauer. »Das ist jetzt Sache der Polizei.«

»Ich habe Herrn Kaminski aber damit beauftragt, meine Tochter wieder zu finden. Ich bestehe darauf!«

»Also gut«, schnaufte Kommissar Pauer. Dann machte er einen Schritt auf Papa zu und hielt ihm seinen Finger unter die Nase.

»Denken Sie daran, Herr Kaminski. Sie sind kein

Polizist mehr. Also kommen Sie mir nicht in die Quere!«

Papa schob Pauers Arm beiseite. »Nichts lieber als das!«

Endlich begann Papa sich gegen Herrn Pauer zu wehren. Das wurde aber auch Zeit. Papa machte sich.

»Hatten Sie ihnen schon vorher erzählt, dass Frau Satt verschwunden war?«, fragte Amanda Papa, als wir vor dem Tor zur Schokoladenfabrik standen.

»Ja«, sagte Papa kleinlaut. »Als ich nach den Satts gefragt habe, haben sie wohl gleich gemerkt, dass etwas nicht stimmte. Und als sie mich dann direkt fragten, was los sei, konnte ich ja nicht lügen.«

Amanda nickte. »Das ist nicht schlimm. Das ist sogar gut so. Jetzt können Sie nicht mehr behaupten, wir würden nicht mit ihnen zusammenarbeiten.«

»Wie gehen wir denn jetzt weiter vor?«, fragte ich Amanda.

»Wir trommeln alle zusammen«, antwortete sie. »Heute Abend treffen wir uns bei mir und dann machen wir einen Schlachtplan!«

Am Abend saßen alle, die das Wochenende bei Satts verbracht hatten, wieder um einen Esstisch herum. Dieses Mal bei Amanda.

»Entführung!«, schnaufte Opa Schraube. »Das ist so ziemlich das Gemeinste, was man sich vorstellen kann.«

»Das stimmt«, gab Walter ihm Recht. »Aber diese Frau Satt ist auch so ein typisches Opfer. So schüchtern und irgendwie verletzlich.«

»Lasst uns lieber überlegen, wie wir der armen Frau helfen können«, sagte Opa Schraube.

»Genau«, sagte Frau Wolff. »Die wichtigste Frage lautet natürlich: Wer könnte Frau Satt entführt haben?«

»Na jeder, der wusste, dass sie reich ist«, sagte Willi. »Solche Leute leben doch immer in der Gefahr, entführt zu werden. Liest man doch fast jeden Tag in der Zeitung.«

Amanda schüttelte den Kopf. »Das glaube ich nicht. Ich bin immer noch davon überzeugt, dass dieser Spuk mit den verschwundenen und dann wieder aufgetauchten Kleidungsstücken zu tun hat. Ich weiß zwar noch nicht, was es bedeutet, aber das werden wir schon herausfinden.«

»Wie kommen Sie denn darauf?«, fragte Papa.

Amanda zeigte auf ihre Nase. »Riecher, wenn Sie wissen, was ich meine.«

Blümchen und ich wussten es ja mittlerweile, aber Papa wohl nicht. Er sah Amanda verständnislos an.

»Und selbst wenn, was heißt das?«, sagte er.

»Das heißt, dass die Zahl der Verdächtigen sehr klein wird. Nämlich Herr Scheinheim, Herr Liebherr und Beatrice. Die Leute vom Restaurant können wir vergessen. Die waren schon nicht mehr da, als wir Frau Satt das letzte Mal bei meiner kleinen Vorstellung gesehen haben.«

»Blümchen und ich haben sie auch später noch gesehen«, sagte ich. »Sie stand draußen bei Sister X.«

»Es sah fast so aus, als hätten die beiden sich unterhalten«, ergänzte Blümchen.

»Das ist ja interessant!«, rief Amanda. »Worüber die beiden wohl gesprochen haben mögen?«

»Sie können Sister X ja mal fragen«, schnaufte Opa Schraube.

»Und wenn jemand in der Nacht eingebrochen ist, ohne dass es jemand gemerkt hat?«, fragte Hedwig.

Papa schüttelte den Kopf. »Das glaube ich nicht. Ich

habe die Alarmanlage der Satts gesehen. Die kenne ich. Wir haben sie empfohlen, als ich noch bei der Polizei war, weil sie besonders sicher ist.«

»Und was ist mit Herrn Satt und Herrn Riese?«, fragte Frau Wolff. »Die kommen doch auch infrage.«

»Glauben Sie wirklich, Herr Satt würde seine Frau oder Herr Riese seine Tochter entführen?«, fragte Papa.

»Herr Riese bestimmt nicht!«, rief ich. »So wie der heute Mittag ausgesehen hat. Außerdem will er ja das Geld für seine Tochter bezahlen.«

»Und bei Herrn Satt macht es eigentlich auch keinen Sinn«, sagte Amanda. »Der hat genug Geld. Außerdem erbt er das Geld seines Schwiegervaters sowieso irgendwann. Außerdem sollten wir uns auf wenige Verdächtige konzentrieren. Irgendwo müssen wir ja anfangen. Zunächst nehmen wir uns nur Dr. Scheinheim und Herrn Liebherr vor. Das erscheint mir im Augenblick am vielversprechendsten.«

»Und Beatrice?«, fragte Frau Wolff. »Die war schließlich auch dort.«

»Ach, das hätte ich beinahe vergessen«, sagte Walter plötzlich. »Ich habe doch gesagt, dass ich diese Beatrice von irgendwoher kenne. Mir ist es wieder eingefallen. Sie war mal in meinem Geschäft.«

»In deinem Wettbüro?«, fragte Opa Schraube. »Was wollte sie denn da?«

Walter zog eine Augenbraue hoch. »Was schon? Wetten natürlich. Aber ich glaube, sie war nur ein- oder zweimal bei mir. Und das liegt auch schon eine ganze

Weile zurück. Ich habe aber schon die Fühler ausgestreckt. Viel habe ich allerdings noch nicht herausgefunden. Nur einer meiner Kollegen, der sein Wettbüro an der Rennbahn hat, kennt sie. Sie treibt sich wohl öfter mal auf der Rennbahn herum, vor allem am Wochenende.«

»Pferdewetten«, sagte Amanda leise, mehr zu sich selbst. »Das wollte ich auch immer schon einmal machen.«

»Wir haben auch schon etwas herausgefunden«, sagte Willi. »Dieser Rechtsanwalt Scheinheim hat eine Kanzlei in der Stadt. Dem könnten Günter und ich doch mal auf den Zahn fühlen. Mir gefällt dieser Typ sowieso nicht.«

»Dann werde ich meine alten Kollegen bei der Polizei besuchen«, sagte Papa sofort. »Vielleicht bekomme ich ja mit, was in dem Fall gerade läuft.«

Ich hatte den Eindruck, dass es ihm Spaß machte, wieder einmal mit seinen alten Kollegen zusammen zu sein. Es gab ja auch sehr nette darunter. Vielleicht wollte er sich aber auch nur davor drücken, wieder den Vertreter beobachten zu müssen.

»Elsbeth, Hedwig und Eleonore, ihr kennt doch die halbe Stadt«, sagte Amanda. »Vielleicht hat ja jemand etwas von Bella Satt gehört oder gesehen.«

»Und was ist mit mir?«, fragte Opa Schraube. »Werde ich wieder in den Boxclub abgeschoben?«

Amanda lächelte ihn an. »Nein, dieses Mal können wir auf Sie nicht verzichten.«

»Ach, welche Ehre!«, rief Opa Schraube. »Was soll ich denn machen?«

»Kümmern Sie sich bitte um Herrn Liebherr. Es reicht aber, wenn Sie ihn beschatten, nachdem er aus der Fabrik kommt.«

Opa Schraube hielt sich die Hand an die Schläfe. »Zu Befehl, Frau General!«

»Und wir?«, fragte Blümchen. »Was sollen wir machen?«

»Ich hätte da einen Vorschlag«, sagte ihre Mama plötzlich. »Eigentlich wäre ich ja morgen wieder dran, den Vertreter zu beobachten. Könntet ihr das vielleicht für mich übernehmen? Das ist ja nicht gefährlich. Er ist immer nur zu Fuß unterwegs. Ich könnte dann endlich den Bürokram erledigen. Ich muss unbedingt Rechnungen schreiben, sonst haben wir bald kein Geld mehr.«

Blümchen und ich sahen uns an. Das war zwar nicht gerade der aufregendste Auftrag der Welt, aber besser als nichts. Außerdem konnten wir Frau Wolff die Bitte nicht abschlagen. Also sagten wir zu.

»Und was macht unsere große Meisterdetektivin?«, fragte Opa Schraube.

»Ich bleibe hier«, antwortete Amanda. »Ich muss nachdenken. Vielleicht fällt mir ja doch noch ein, welche Verbindung es zwischen den gestohlenen Kleidungsstücken und der Entführung gibt. Vielleicht sehe ich aber auch noch ein wenig in meine schöne, neue, zaubergalaktische Kristallkugel. Das kann nie schaden!«

Der Vertreter-Job war genauso langweilig, wie wir ihn uns vorgestellt hatten. Wenn ich Frau Wolff richtig verstanden hatte, verkaufte er Papiertüten an Lebensmittelgeschäfte.

Den ganzen Morgen tippelte er von Geschäft zu Geschäft, und wir hinter ihm her. Die einzige Abwechslung war, dass er einmal nicht in ein Lebensmittelgeschäft, sondern in ein Reisebüro ging.

»Der will wohl Urlaub machen«, meinte Blümchen.

»Den könnte ich auch gebrauchen«, stöhnte ich.

Als er wieder einmal in einem Lebensmittelgeschäft verschwunden war, sagte Blümchen: »Ich rufe mal bei Amanda an. Vielleicht gibt es ja etwas Neues.«

Als sie zurückkam, sah ich ihr schon von weitem an, wie aufgeregt sie war.

»Es gibt tatsächlich etwas Neues!«, sprudelte es aus ihr heraus. »Amanda hat erzählt, dass dein Papa angerufen hat. Der Entführer hat sich gestern Abend noch einmal gemeldet. Und schon heute soll die Geldübergabe sein!«

»Echt?«, rief ich. »So schnell? Haben sie das Geld denn schon zusammen?«

Blümchen zuckte mit den Schultern. »Keine Ahnung. Sie müssen es ja wohl geschafft haben. Aber das Tollste kommt noch! Sie wollen dem Entführer wohl eine Falle stellen und ihn verhaften. Sie glauben nämlich, dass es ein einzelner Entführer ist, ohne Komplizen. Das hat dein Papa von seinem früheren Chef erfahren. – Wie heißt der noch gleich?«

»Kriminalrat Beinlein«, antwortete ich. »Der konnte Papa immer schon ganz gut leiden.«

Den Vertreter zu beobachten war zwar immer noch nicht interessanter geworden, aber nun konnten Blümchen und ich uns zumindest über die Geldübergabe unterhalten. Wir überlegten, wie die Polizei dem Entführer eine Falle stellen wollte. Und wir hofften, dass alles gut ging und Frau Satt gesund zurückkam.

Endlich machte der Vertreter Mittagspause. Er ging in ein kleines Restaurant. Blümchen und ich nutzten die Zeit, um uns eine Portion Pommes und eine Tüte Gummibärchen zu kaufen. Auf Schokoladenbonbons hatten wir wirklich keinen Appetit mehr.

Wir setzten uns gegenüber des Restaurants auf eine Mauer und genossen unsere Pommes mit Gummibärchen. Den Vertreter konnten wir durch die Fenster sehen. Er konnte uns also nicht entwischen.

Irgendwann ging eine ältere Frau in das Restaurant. Blümchen und ich achteten zunächst nicht weiter auf sie. Doch dann stieß mich meine Freundin plötzlich an.

»Guck mal!«, rief sie. »Die Frau setzt sich zu dem Vertreter.«

»Na und?«, entgegnete ich. »Vielleicht ist kein Tisch mehr frei.«

Doch kaum saß sie am Tisch, redete sie auf unser Beobachtungsobjekt ein. Es dauerte nicht lange und die beiden diskutierten heftig. Das war sogar von unserem Platz aus zu sehen. Leider konnten wir das Gesicht der

Frau nicht sehen, weil sie mit dem Rücken zu uns saß. Nach einer ganzen Weile bezahlte der Vertreter, stand auf und kam heraus. Die Frau blieb sitzen.

»Was machen wir denn jetzt?«, fragte Blümchen. »Soll einer von uns hier bleiben und die Frau beobachten?«

»Wozu denn?«, entgegnete ich. »Vielleicht ist es ja seine Tante oder seine Mutter. Wir werden nur dafür bezahlt, den Vertreter zu beobachten.« Nun redete ich schon wie Frau Wolff.

Uns fiel gleich auf, dass sich das Verhalten des Vertreters verändert hatte. Immer wieder sah er auf seine Uhr und drehte sich um. Erst dachten wir, er hätte gemerkt, dass wir ihn beobachteten, doch er schaute nicht in unsere Richtung. Seine Nervosität musste einen anderen Grund haben. Sollte die Vertretung für Frau Wolff doch noch spannend werden?

Nachdem er eine ganze Weile in der Gegend herumgelaufen war, ohne in ein einziges Lebensmittelgeschäft zu gehen, führte er uns in den Stadtpark.

»Was will er denn hier?«, raunte Blümchen mir zu, als hätte sie Angst der Vertreter könnte uns hören, obwohl er hundert Meter weit weg war.

»Was weiß ich«, antwortete ich. »Vielleicht Enten füttern.«

Doch er lief weiter unruhig um sich blickend durch den Park. Plötzlich wurde er langsamer, so als hätte er Angst weiterzugehen. Schließlich hielt er vor einer Park-

bank, zögerte und lief weiter. Dann blieb er wieder stehen, drehte sich um, ging zu der Parkbank zurück und zog etwas aus dem Abfalleimer heraus, der neben der Bank stand.

In dem Augenblick stürzten sich drei Polizisten auf ihn, warfen ihn zu Boden und hielten ihn an Händen und Beinen fest.

Und dann sah ich Kommissar Pauer – und Papa!

✶ 10 ✶

»Hast du das gesehen?«, schrie ich Blümchen an. »Hast du das gesehen?«

»Sicher habe ich das gesehen!«, schrie sie zurück. »Nichts wie hin!«

So schnell wir konnten, rannten wir zu der Bank, vor der die Polizisten den Vertreter immer noch am Boden festhielten.

Als Papa uns erkannte, starrte er uns zunächst ungläubig an. Dann sah er zu dem Vertreter, der mit dem Gesicht nach unten vor ihm lag. Der Mann schimpfte und flehte. Doch die Polizisten hatten kein Erbarmen.

»Drehen Sie ihn bitte um«, hörten wir ihn zu einem der Polizisten sagen, als wir keuchend und schnaufend bei ihm ankamen.

Der Polizist drehte den Vertreter um, ohne ihn loszulassen, sodass Papa sein Gesicht sehen konnte.

Papa klappte der Unterkiefer herunter. Dann sah er uns an, dann wieder den Vertreter und wieder uns.

»Das – das glaube ich einfach nicht«, stammelte er.

»Was glauben Sie nicht?«, fuhr Kommissar Pauer ihn an. »Und was, zum Kuckuck, sucht Ihre Tochter hier?

Haben Sie ihr etwa gesagt, wo die Geldübergabe stattfinden soll?«

»Sind Sie verrückt?«, schrie Papa ihn an. »Glauben Sie, ich gefährde meine Tochter? Das – das ist alles ein völlig irrsinniger Zufall – oder doch nicht?«

»Ich kapiere überhaupt nichts mehr. Wir gehen jetzt alle aufs Präsidium. Da können Sie mir in Ruhe erklären, was ein Zufall ist und was nicht.«

Sollte der Vertreter tatsächlich der Entführer sein? Ich konnte mir das nicht vorstellen. Aber er hatte augenscheinlich das Geld aus dem Papierkorb geholt. Neben dem Vertreter, der immer noch laut jammerte, dass er nichts getan habe, lag eine weiße Plastiktüte.

»Ist da das Geld drin?«, fragte ich Papa leise.

Der nickte nur. »Du musst mir das erklären«, sagte er.

»Da gibt es nichts zu erklären«, erwiderte ich. »Wir haben ihn beobachtet. Er ist hierher gegangen und hat die Tüte aus dem Papierkorb geholt. Das ist alles.«

»Das, was Sie sich zu sagen haben, können Sie mir auch gleich auf dem Präsidium erzählen«, unterbrach uns Kommissar Pauer.

»Führen Sie ihn ab«, befahl er den Polizisten, die den Vertreter festhielten und ihm mittlerweile Handschellen angelegt hatten. Sie zogen den Mann hoch und führten ihn zu ihrem Einsatzwagen.

Auf dem Weg dorthin schrie er immer wieder: »Ich habe nichts getan! Ich habe nichts getan!«

Auf dem Präsidium mussten wir uns auf eine der Bänke setzen, die auf dem Flur vor den Büros standen. Kommissar Pauer wollte sich erst mit dem Verdächtigen unterhalten, wie er sagte.

»Früher habe ich die Leute auch immer hier sitzen lassen«, sagte Papa. »Jetzt spüre ich selbst mal, wie das ist.«

»Ich verstehe das immer noch nicht«, sagte ich mehr zu mir selber. »Ist der Vertreter tatsächlich der Entführer? Einen solchen Zufall kann es doch gar nicht geben!«

»Ich kann mir das auch nicht vorstellen«, sagte Papa. »Vielleicht sehen wir ja klarer, wenn Pauer uns erzählt, was der Vertreter dazu zu sagen hat.«

Wir saßen schon eine ganze Weile, da kam Kriminalrat Beinlein, Papas früherer Chef, aus einem der Büros.

»Was ist denn das für eine verrückte Geschichte, Herr Kaminski?«, fragte er. »Warum war Ihre Tochter am Ort der Geldübergabe?«

»Das ist wirklich kaum zu glauben«, antwortete Papa. »Ich habe auch keine Erklärung dafür.«

»Kommen Sie mit in mein Büro«, sagte Herr Beinlein. »Da können Sie mir Ihre Geschichte erzählen.«

Wir gingen in das Büro von Kriminalrat Beinlein. Dort bekamen wir etwas zu trinken und Herr Beinlein ließ Plätzchen aus der Kantine holen.

»Und diesen Mann, den Vertreter, wie Sie sagen, beobachten Sie schon länger?«, fragte Herr Beinlein, als wir unsere Geschichte erzählt hatten.

»Ja«, sagte Papa. »Seit fast zwei Wochen. Er war bisher absolut unauffällig. Und der Grund für die Observierung ist ja wirklich harmlos.«

Herr Beinlein nickte. »Das ist seltsam.«

»Vielleicht hat ja die Frau in dem Restaurant etwas damit zu tun«, sagte Blümchen.

Bevor Herr Beinlein antworten konnte, stürmte Kommissar Pauer in das Büro und warf die weiße Plastiktüte, die der Vertreter aus dem Papierkorb geholt hatte, auf den Tisch. Daraus schauten ein paar alte Zeitungen hervor.

Kriminalrat Beinlein sah seinen Kommissar verständnislos an. »Was soll das?«

»Ich muss mit Ihnen sprechen«, sagte Herr Pauer und sah uns an. Papa stand auf.

»Bleiben Sie ruhig sitzen, Herr Kaminski«, sagte Herr Beinlein. »Also, was gibt es, Herr Pauer?«

»Na gut«, schnaufte Kommissar Pauer. »Das ist die Tüte, die der Verdächtige aus dem Abfallkübel geholt hat. Die haben uns hereingelegt! Verarscht!«

Pauer ließ sich schnaufend auf einen der Besucherstühle fallen. »Der Verdächtige hat eine völlig verrückte Geschichte erzählt. Vor ein paar Tagen hätte ihn eine Frau aufgesucht, eine ältere Dame, wie er sagte.«

»Die Frau aus dem Restaurant!«, rief Blümchen.

»Was?«

»Das erkläre ich Ihnen später«, sagte Herr Beinlein. »Erzählen Sie erst einmal weiter.«

»Na ja«, sagte Herr Pauer. »Diese Frau hätte ihn gebeten, obwohl er sie vorher noch nie gesehen hat, ein paar Besorgungen für sie zu erledigen. Harmlose Sachen, einkaufen und so. Das habe er gemacht, weil sie ihm dafür fünfhundert Mark gezahlt hätte.«

»Fünfhundert Mark für ein paar Besorgungen?«, rief Herr Beinlein. »Und das ist ihm nicht verdächtig vorgekommen?«

»Ach, Sie wissen doch, wie die Leute sind«, sagte Herr Pauer. »Wenn sie Geld riechen, schalten sie ihr Gehirn aus – und ihr Gewissen. – Na ja, heute habe diese Frau ihn dann in seinem Stammrestaurant getroffen.«

»Sag ich doch!«, rief Blümchen.

»Und dort habe sie ihm wieder Geld angeboten«, berichtete Kommissar Pauer ungerührt weiter. »Dieses Mal tausend Mark dafür, dass er eine Plastiktüte aus einem Papierkorb im Park holt. Und das ist ihm tatsächlich verdächtig vorgekommen. Aber die tausend Mark waren schließlich doch zu verlockend für ihn.«

»Ja, ja«, seufzte Herr Beinlein. »Immer das Gleiche.«

»Aber jetzt kommt's«, sagte Kommissar Pauer. »Diese Frau habe ihm eingeschärft eine bestimmte Plastiktüte herauszuholen. Es wären zwei in dem Papierkorb. Und er sollte ausdrücklich die nehmen, die mit einem Stück rotem Klebeband gekennzeichnet wäre.«

»Wie?«, fragte Herr Beinlein.

Herr Pauer stand auf und drehte die Plastiktüte um. Dort klebte tatsächlich ein Stückchen rotes Klebeband. Wenn man es nicht wusste, fiel es kaum auf.

»Jetzt kapiere ich!«, rief Herr Beinlein. »Der Entführer hat diese Plastiktüte vorher in den Abfallkorb gelegt. Und er hat sich ausgerechnet, dass wir denjenigen verhaften und abführen, der eine Plastiktüte dort herausholt. Und so konnte er, als wir weg waren, in aller Ruhe die richtige Tüte aus dem Papierkorb holen. Verdammt raffiniert!«

»Und gefährlich«, ergänzte Papa. »Wir hätten ja auch noch dort in die falsche Plastiktüte oder in den Papierkorb sehen können. Dann wäre der Schwindel aufgeflogen.«

»Das Risiko musste er eingehen«, sagte Herr Beinlein. »Immer noch ungefährlicher, als von uns verhaftet zu werden. Wahrscheinlich hat er geahnt – oder sogar gewusst, was wir vorhaben.«

Kommissar Pauer schlug sich mit der flachen Hand vor die Stirn. »Ich Idiot!«, rief er. »Es war mir gleich verdächtig vorgekommen, dass der Entführer ausdrücklich eine weiße Plastiktüte verlangt hat. Eigentlich hätte es ihm doch egal sein müssen, ob sie weiß, rot, gelb oder blau ist!«

»Machen Sie sich keine Vorwürfe, Herr Pauer«, sagte Kriminalrat Beinlein. »Es war ein sehr raffinierter Plan. Und wir sind darauf hereingefallen. Das kann jedem passieren.«

Herr Pauer nickte. »Ich habe gleich einen Beamten und die Spurensicherung zu dem Abfallkorb geschickt, aber ich fürchte, es ist zu spät.«

»Haben Sie Herrn Satt und Herrn Riese denn schon informiert?«, fragte Herr Beinlein.

Herr Pauer verzog das Gesicht. »Selbstverständlich. Was die gesagt haben, können Sie sich ja denken. Nun können wir nur hoffen, das Frau Satt bald gesund und munter wieder auftaucht, jetzt, da der Entführer das Geld hat.«

Kriminalrat Beinleins Telefon läutete.

»Ja? – Aha. Das haben wir uns schon gedacht. – Gut, vielen Dank. Sie können jetzt zurückkommen.«

»Und?«, fragte Herr Pauer, als sein Chef den Hörer wieder aufgelegt hatte.

»Das war der Beamte, den Sie noch einmal in den Park geschickt haben. Außer ein paar Abfällen war nichts in dem Papierkorb. So, wie wir vermutet hatten.«

»Sie haben doch die Telefone überwacht«, sagte Papa zu Herrn Pauer. »Konnten Sie den Anruf nicht zurückverfolgen?«

»Nein! Der Anruf war zu kurz. Der wusste genau, was er tut.«

»Und die Stimme?«, fragte Papa. »Konnten Sie damit etwas anfangen?«

Kommissar Pauer sah Papa wütend an. »Auch das nicht! Die war verzerrt.«

»Und was machen Sie jetzt?«, fragte ich Herrn Beinlein.

»Wir lassen euren Vertreter wieder laufen«, antwortete er. »Dummheit und Geldgier sind nicht strafbar – leider.«

»Aber vorher nehme ich das Protokoll von ihm auf«, sagte Herr Pauer. »Und von Ihnen auch. Bleiben Sie also noch hier!«, sagte er dann zu Papa. »Ich glaube nämlich nicht an Zufälle!«

»Das war auch kein Zufall«, sagte Herr Beinlein. »Der Entführer muss gewusst haben, dass Herr Kaminski den Vertreter beobachtet.«

»Wem haben Sie denn davon erzählt?«, fragte Kommissar Pauer.

Papa kratzte sich am Kopf. »Eigentlich niemandem außerhalb der Familie«, sagte er dann.

»Doch!«, rief ich. »Wir haben es beim Essen bei den Satts erwähnt! Sie haben sich doch noch darüber lustig gemacht, was für seltsame Aufträge man als Privatdetektiv bekommt!«

»Stimmt«, sagte Papa. »Daran habe ich nicht mehr gedacht.«

»Das hilft uns auch nicht weiter. Der Kreis der Verdächtigen bleibt«, schnaufte Herr Pauer. »Ich nehme erst einmal die Protokolle auf.«

»Kreis der Verdächtigen?«, fragte Papa, als Kommissar Pauer gegangen war. »Gehöre ich etwa auch wieder dazu?«

Kriminalrat Beinlein schüttelte den Kopf. »Ich glaube nicht, dass Kollege Pauer Sie verdächtigt. Damit ist er sehr vorsichtig geworden. Und ich habe Sie sowieso nicht im Verdacht. Ganz im Gegenteil, gewissermaßen.«

»Wie meinen Sie das?«, fragte Papa.

»Haben Sie noch einen Augenblick Zeit, Herr Kaminski?«, fragte Herr Beinlein, als wir schon aufgestanden waren.

»Sicher«, sagte Papa und setzte sich wieder.

»Wie läuft es denn so mit Ihrer Detektei? Sind Sie zufrieden mit Ihrer neuen Tätigkeit?«

Papa zuckte mit den Schultern. »Eigentlich schon. Warum fragen Sie?«

Kriminalrat Beinlein kratzte sich am Kopf. »Na ja, seit Sie und Lilly Lassalle nicht mehr da sind, haben wir echte Personalprobleme. Uns wächst die Arbeit über den Kopf. Und ich dachte mir, vielleicht hätten Sie ja doch wieder Lust bei uns zu arbeiten.«

»Ich soll zurückkommen?«, rief Papa. »Wollen Sie das denn? Ich war doch – nicht gerade sehr erfolgreich.«

»Kann schon sein, obwohl ich das nicht so dramatisch sehe. Aber Sie haben das hier«, sagte Herr Beinlein und zeigte auf die linke Seite seiner Brust. »Sie können sich in andere Menschen hineinversetzen. Und das ist in unserem Beruf sehr wichtig. Sie müssen sich nicht jetzt gleich entscheiden. Sagen Sie mir in den nächsten Tagen Bescheid.«

»Das war ja ein Ding«, sagte ich, als wir vor Herrn Beinleins Büro standen.

»Das kannst du wohl sagen«, meinte Papa.

»Und was willst du machen?«

Papa sah mich an und zuckte mit den Schultern. »Keine Ahnung.«

Auf dem Weg nach Hause sagte Papa kaum ein Wort.

Es gab ja auch viel, worüber er nachdenken musste. Allerdings glaube ich, dass er mehr an Kriminalrat Beinleins Vorschlag als an den Vertreter gedacht hat.

Als wir nach Hause kamen, saßen Amanda, Willi und Günter in Amandas Küche und spielten Karten.

Frau Wolff saß daneben und sah ihnen zu.

»Da seid ihr ja!«, rief Amanda. »Habt ihr euch unterwegs getroffen?«

»So könnte man es sagen«, meinte Papa nur, und an Willi und Günter gewandt: »Und was ist mit euch? Wolltet ihr nicht diesen Rechtsanwalt beobachten?«

»Den brauchen wir nicht mehr zu beobachten«, grinste Willi über das ganze Gesicht. »Wir haben jetzt etwas Besseres.«

»Stellt euch vor«, sagte Amanda, »die beiden haben mit einer Angestellten des Rechtsanwalts geflirtet.«

»Geflirtet ist zu viel gesagt«, meinte Günter. »Wir haben uns mit ihr unterhalten. Sie kam heute Mittag aus dem Büro.«

»Und wir hinterher«, sagte Willi.

»Genau. Und dann ist sie in ein Café gegangen.«

»Und wir hinterher!«, sagte Willi.

»Genau. Dann hat sie sich an einen Tisch gesetzt.«

»Und wir hinterher!«

Willi sah seinen Freund an. »Ist ja gut! Das haben sie kapiert. Also, wir haben uns dann nett mit ihr unterhalten. Sie arbeitet schon lange bei Scheinheim. Ist nur ein paar Jahre jünger als wir. Sie kann ihren Chef wohl nicht leiden.«

»Dafür uns umso besser«, grinste Willi.

»Jedenfalls hat sie uns schon eine Menge erzählt«, sagte Günter. »Klatsch und Tratsch aus dem Büro. Wir haben uns für morgen Mittag wieder mit ihr verabredet. Da wollen wir sie ein wenig über Satt ausfragen. Mal sehen, was sie weiß. Heute wollten wir noch nicht mit der Tür ins Haus fallen.«

»Und ich habe den ganzen Bürokram erledigt!«, strahlte Frau Wolff. »Danke noch mal, dass ihr den langweiligen Vertreter für mich übernommen habt, Kinder!«

»Langweilig ist gut«, sagte Blümchen. »Du wirst es nicht glauben, was uns heute passiert ist!«

Amanda und die anderen horchten auf.

»Was ist denn passiert?«, fragte Amanda.

Ich stellte fest, dass ihre hellseherischen Fähigkeiten wohl nicht immer funktionierten.

Papa ließ sich auf einen Stuhl fallen. »Ich brauche jetzt erst einmal einen Schnaps!«

»Da wird ja der Hund in der Pfanne verrückt«, sagte Willi, als wir ihnen die ganze Geschichte erzählt hatten.

»Und so ein Zufall!«, rief Frau Wolff. »Dass ausgerechnet der Vertreter …«

»Ich glaube nicht, dass das ein Zufall war«, unterbrach Amanda sie. »Außerdem passt es genau zu unserem Abend bei den Satts.«

»Wie meinst du das?«, wollte ich wissen.

»Eigentlich ist es ganz einfach«, antwortete Amanda. »Sister X und ich glauben nämlich, dass das Wochenende bei den Satts ein Ablenkungsmanöver war, genau wie heute im Park. Wir sollten durch diesen angeblichen Poltergeist, die verschwundenen Sachen, die Vogelscheuche und den ganzen anderen Hokuspokus von etwas abgelenkt werden. Wir sollten nicht merken, worum es wirklich ging. Nur weiß ich leider noch nicht, wovon wir abgelenkt werden sollten. Aber mein zaubergalaktischer Riecher sagt mir, dass wir kurz davor sind, es herauszufinden.«

Am nächsten Morgen fuhr Papa noch einmal ins Präsidium. Er wollte sich danach erkundigen, ob Frau Satt wieder aufgetaucht sei. Ich hatte allerdings den Verdacht, dass er aus einem ganz anderen Grund dorthin fuhr. Ich sagte aber nichts. Kurz darauf machte sich Frau Wolff auf den Weg, um den Vertreter weiterzubeobachten, denn den Auftrag hatten wir ja immer noch, und Opa Schraube verzog sich in seinen Boxclub. Herrn Liebherr musste er ja erst wieder am Abend observieren.

Blümchen, Amanda und ich waren gerade mit dem Frühstücksabwasch beschäftigt, da läutete es an der Tür.

Es waren Elsbeth und Hedwig.

»Stellt euch vor!«, rief Hedwig, kaum dass wir die Tür hinter den Zwillingen geschlossen hatten. »Wir haben etwas sehr Interessantes über diesen Herrn Liebherr herausfinden können!«

* 11 *

»Tatsächlich?«, fragte Amanda. »Was habt ihr denn über Herrn Liebherr herausgefunden?«

Elsbeth kam ein Stück näher. »Wir treffen uns doch einmal im Monat mit unseren alten Schulfreundinnen«, sagte sie leise, als wäre es das größte Geheimnis der Welt.

»Viele sind es ja nicht mehr«, meinte Hedwig.

»Aber wir verstehen uns sehr gut«, sagte Elsbeth. »Wir haben immer viel Spaß miteinander, nicht wahr, Hedwig?«

»Sehr viel Spaß. Weißt du noch, als wir im letzten Monat den Ausflug in die Likörfabrik gemacht haben?«

»Elsbeth! Hedwig!«, schnaufte Amanda. »Könntet ihr vielleicht eure Reiseberichte für später aufheben und uns erst sagen, was ihr herausgefunden habt?«

»Ach ja, sicher«, meinte Elsbeth. »Bei unserem letzten Treffen haben wir über unseren Fall gesprochen, unter anderem auch über Herrn Liebherr, diesen attraktiven jungen Mann.«

»Und da hat Christa gesagt, dass sie ihn kennt. Kennst du eigentlich Christa, Amanda?«

»Nein«, sagte Amanda und verdrehte die Augen.

»Sie und ihr Mann betreiben eine Konditorei und ein Café. Dort treffen wir uns immer.«

»Christa hat also erzählt, dass dieser junge, gut aussehende Mann Kunde bei ihr ist. Er ist ihr aufgefallen, weil er – na ja, du weißt schon.«

»Weil er jung und gut aussehend ist«, meinte Amanda.

»Genau! Aber, und nun halte dich fest, er war erst gestern wieder dort. Nur war er nicht allein. Eine junge

Frau war in seiner Begleitung. Sie hat zwar vor dem Geschäft gewartet, aber Christa hat genau gesehen, dass sie gemeinsam gekommen sind. Er hat ein Stück Herrentorte und zwei Apfelringe gekauft und ist dann wieder gegangen, zusammen mit der jungen Frau.«

»Und das ist noch nicht alles!«, rief Hedwig. »Diese Frau sah nämlich genau so aus wie –«

»Bella Satt«, ergänzte Amanda.

»Woher weißt du das?«, riefen Elsbeth und Hedwig gleichzeitig.

»Sonst hättet ihr wohl kaum so eine Geschichte darum gemacht.«

»Manchmal bist du ein richtiger Spielverderber, Amanda«, schmollte Elsbeth.

Ich konnte nicht glauben, was die Zwillinge gerade erzählt hatten. »Dann ist Herr Liebherr der Entführer?«

»Das kann ich mir nicht vorstellen!«, rief Blümchen. »Der ist doch so nett!«

Amanda kniete sich vor Sister X, die mittlerweile auch in die Küche gekommen war, und sah ihr in die Augen oder besser gesagt in ihre Sonnenbrille.

»Ich weiß nicht«, sagte sie dann. »Da stimmt etwas nicht. Sister X meint das auch.«

Wir wussten zwar nicht, woher Amanda wusste, was Sister X meinte, aber wir fragten auch nicht danach.

»Ich kann mir das von diesem netten, gut aussehenden jungen Mann auch nicht vorstellen«, sagte Hedwig.

Amanda stand auf. »Jetzt weiß ich, was da nicht

stimmt. Was würdet ihr tun, wenn ihr entführt worden seid und euer Entführer geht in ein Geschäft, lässt euch aber davor warten.«

»Ich würde weglaufen!«, rief Blümchen sofort.

Amanda nickte. »Genau! Aber Frau Satt hat gewartet, bis er seinen Kuchen gekauft hatte, und ist mit ihm fortgegangen. So verhält sich doch niemand, der entführt wurde!«

»Wir sollen also nicht zur Polizei gehen?«, fragte ich.

»Noch nicht. Wir sollten erst herausfinden, was wirklich dahinter steckt.«

»Und wie?«, fragte Blümchen.

»Wir fahren zu Herrn Liebherr und fragen ihn«, antwortete Amanda, als wäre es das Selbstverständlichste von der Welt.

»Das ist eine gute Idee!«, rief Hedwig. »Wann fahren wir?«

»Äh – ihr könnt leider nicht mitkommen«, sagte Amanda zögernd.

»Aber warum denn nicht?«, fragte Elsbeth. »Wir könnten doch auf Bubi mitfahren.«

»Das geht leider nicht. Ich nehme Ricki und Blümchen mit. Die möchte ich nicht so gern allein zu Hause lassen.«

»Ist das denn nicht zu gefährlich für die beiden Mädchen?«, fragte Elsbeth.

»Das glaube ich nicht«, antwortete Amanda, bevor Blümchen und ich protestieren konnten. »Außerdem haben wir ja Sister X dabei. Da passiert uns schon nichts.«

»Na gut«, schmollte Hedwig. »Aber du musst uns sofort anrufen, wenn du etwas Neues weißt!«

Zu Hause hätte ich es weit von mir gewiesen, dass Herr Liebherr gefährlich sein könnte. Als wir aber vor dem Haus standen, in dem er wohnte, war mir doch etwas mulmig zu Mute. Was war, wenn Amanda sich irrte und er doch ein Entführer war?

Kurz nachdem Amanda auf den Klingelknopf neben Herrn Liebherrs Namen gedrückt hatte, knackte es im Lautsprecher der Sprechanlage.

»Ja bitte, wer ist da?«, fragte eine Frauenstimme.

Das war ohne jeden Zweifel die Stimme von Bella Satt! Blümchen und ich sahen uns nur an.

»Ein Einschreiben für Frau Satt«, sagte Amanda mit verstellter Stimme. Das konnte sie wirklich gut.

Kurz darauf summte der Türöffner. Amanda sah uns an und legte den Zeigefinger auf ihre Lippen. Dann gingen wir hinein und die Treppen hinauf.

Frau Satt stand vor einer der Wohnungstüren und sah die Treppe herunter. Als sie uns erkannte, drehte sie auf dem Absatz um und wollte zurück in die Wohnung.

»Warten Sie!«, rief Amanda. »Wir wollen Ihnen helfen. Ihr Vater und Ihr Mann wissen nicht, dass wir hier sind!«

Ich wusste zwar nicht, warum Amanda das gesagt hatte, aber es wirkte. Frau Satt blieb stehen und drehte sich zu uns um. Sister X lief zu ihr, stellte sich neben sie und sah sie an.

»Was wollen Sie von mir?«, fragte sie.

»Wir wollen Sie retten!«, rief Blümchen.

»Retten? Was soll das?«

»Sie sind nicht entführt worden, stimmt's?«, sagte Amanda ganz ruhig.

»Entführt? Wie kommen Sie denn darauf?«, rief Frau Satt so laut, dass es durch den Hausflur hallte.

Amanda sah sich um. »Ich glaube, es ist besser, wenn wir in die Wohnung gehen. Da erklären wir Ihnen alles.«

Die Wohnung von Herrn Liebherr war zwar nicht groß, aber sehr gemütlich. Er schien jedoch nicht zu Hause zu sein. Ich hätte mich gern gesetzt, aber Frau Satt blieb stehen, also taten wir es auch.

»So, und nun sagen Sie mir bitte, was das mit der Entführung soll.«

»Ihr Vater hat einen Erpresseranruf erhalten«, antwortete Amanda. »Ein Mann behauptete Sie entführt zu haben. Ihr Mann hat das Lösegeld schon bezahlt. Und nun hoffen alle darauf, dass Sie bald wieder gesund nach Hause zurückkehren.«

Frau Satt ging einen Schritt rückwärts und ließ sich in einen Sessel fallen. »Das glaube ich nicht. Das ist nicht wahr!«

Amanda, Blümchen und ich setzten uns auf das Sofa gegenüber. Sister X blieb neben Frau Satts Sessel stehen.

»Leider doch«, sagte Amanda. »Allerdings sehen Sie nicht so aus, als wären Sie entführt worden.«

»Das bin ich auch nicht!«, rief Bella Satt. »Ich habe meinen Mann verlassen! Das ist alles!«

»Also doch«, sagte Amanda leise. »Und Sie sind zu Herrn Liebherr gezogen.«

Frau Satt sah auf den Boden und wurde rot. »Ja«, sagte sie kaum hörbar. »Wir haben uns durch die Fabrik kennen gelernt«, fuhr sie fort.

»Sie müssen uns das nicht erzählen, wenn Sie nicht wollen«, unterbrach Amanda sie.

»Nein, nein! Ich möchte, dass Sie mich verstehen. Ich glaube nämlich, dass ich es auch Ihnen zu verdanken habe, dass ich jetzt hier bin.«

»Uns?«, platzte ich heraus.

Bella Satt lächelte mich an. »Genauer gesagt, eurem Schaf. Wie gesagt, ich habe Sascha – ich meine Herrn Liebherr – durch die Fabrik kennen gelernt. Mein Mann hat ihn als seinen Assistenten eingestellt. Ich habe bald gemerkt, dass er sehr viel von dem Geschäft versteht. Er hat vorher bei der Konkurrenz gearbeitet. Und so sind wir halt ins Gespräch gekommen. Ich habe ihm von meinen Ideen erzählt.«

»Welchen Ideen denn?«, fragte Amanda. »Ich denke, Sie interessieren sich nicht für die Schokoladenfabrik.«

»Ach, das meint Papa nur immer. Früher war es auch so, aber mittlerweile mache ich mir wirklich Sorgen darum. Mein Mann tut vor meinem Vater immer so, als hätte er alles im Griff. Aber in Wirklichkeit kümmert er sich kaum um die Fabrik und wirft das Geld zum Fenster hinaus.«

»Meinen Sie die Kunstgegenstände in Ihrem Haus.«

»Kunst«, schnaufte Frau Satt verächtlich. »Alles wertloses Zeug und viel zu teuer! Ich habe immer wieder versucht mit meinem Vater zu reden – aber Sie haben es ja selbst erlebt. Er will einfach nicht einsehen, dass wir nicht nur Bonbons produzieren können. Wir müssen auch andere Sachen anbieten – Schokoriegel zum Beispiel.«

»Das hat Herr Liebherr auch gesagt!«, rief Blümchen.

Frau Satt nickte. »Ich weiß. Wir haben oft darüber gesprochen. Aber auch er schafft es nicht, meinen Vater zu überzeugen, und meinen Mann schon gar nicht.«

»Und dann haben Sie beide sich ineinander verliebt«, stellte Amanda fest.

»Erst habe ich mich ja dagegen gewehrt – und Sascha auch. Schließlich bin ich verheiratet. Aber dann konnten wir unserer Liebe nicht mehr widerstehen.«

Ich sah zu Blümchen. Sie betrachtete Frau Satt mit verklärtem Blick. Mir war auch schon ganz komisch zu Mute. Es war so romantisch!

»Und was hat Sister X mit Ihrem Entschluss zu tun, Ihren Mann zu verlassen?«, fragte Amanda, obwohl ich das Gefühl hatte, dass sie es schon wusste oder zumindest ahnte.

»Es begann mit dem, was Sie angeblich in Ihrer Kristallkugel gesehen haben.«

»Wieso angeblich?«, fragte Amanda.

»Entschuldigung«, sagte Bella Satt schnell. »Jedenfalls sagten Sie, dass es Veränderungen geben würde und dass sie mit mir zu tun hätten. Das hat mich schon nachdenklich gemacht. Als ich dann Ihr Schaf nach draußen gebracht habe, hat es mich plötzlich so seltsam angesehen. Und da ist mir plötzlich bewusst geworden, dass ich mein Leben von Grund auf ändern muss. Es war, als hätte Ihr Schaf mir die Augen geöffnet.«

Blümchen und ich sahen uns an. Genau! Wir hatten Frau Satt und Sister X doch von der Bibliothek aus beobachtet!

»Ja, ja«, meinte Amanda. »Sister X ist schon ein segensreiches Schaf.«

»Ich bin gleich auf mein Zimmer gegangen«, erzählte Frau Satt weiter. »Dort habe ein paar Sachen zusammengerafft, Ernst einen Abschiedsbrief geschrieben und bin gegangen.«

»Moment mal!«, rief Amanda. »Es gibt einen Abschiedsbrief? Was stand denn darin?«

Frau Satt zuckte mit den Schultern. »Nicht viel. Nur, dass ich die Nase voll habe und gehe. Das war alles.«

»Nicht wohin, oder besser, zu wem Sie gehen?«

»Nein, das wollte ich nicht. Ernst weiß nicht, dass Sascha und ich uns lieben. Sascha wollte es ihm zwar sofort sagen, aber ich habe ihn davon abgehalten. Mein Mann ist unberechenbar. Er ist zu allem fähig. Und ich wollte nicht, dass Sascha etwas passiert.«

Blümchen seufzte deutlich hörbar neben mir.

Amanda stand auf und kraulte den Hals von Sister X. »Jetzt wird mir einiges klar«, sagte sie dann. »Ich habe nie wirklich daran geglaubt, dass Sie entführt wurden. Jetzt wissen wir, dass jemand Ihr Verschwinden ausgenutzt hat, um Lösegeld von Ihrem Mann, oder besser, von Ihrem Vater zu erpressen. Der hat nämlich das Lösegeld bezahlt.«

»Das kann ich mir vorstellen!«, rief Bella Satt. »Mein Mann hätte sowieso kein Geld gehabt!«

»Aber er hat gesagt, dass alles Geld in der Firma steckt«, sagte ich.

Frau Satt winkte ab. »Die Firma ist fast pleite! Das hat mir Sascha erst gestern erzählt. Dr. Scheinheim versucht es seit Wochen meinem Mann beizubringen, aber der will einfach nicht hören. Ich weiß nicht, was in ihn gefahren ist!«

»Aber erwarten Sie nicht einen großen Auftrag aus Asien?«, fragte Amanda.

»Ach was! Diesen Auftrag gibt es überhaupt nicht! Alles Schwindel!«, rief Frau Satt. »Sascha und ich haben alle Unterlagen durchgesehen, als mein Mann auf einer Dienstreise unterwegs war. Außerdem sind die Leute in Asien sowieso nicht an einem Auftrag interessiert. Die wollen höchstens die Firma kaufen. Meinem Vater haben sie schon einmal ein Angebot gemacht. Er hat es abgelehnt. Niemals würde er die Fabrik verkaufen!«

»Aber wer ist denn nun der Erpresser?«, fragte Blümchen.

»Derjenige, der den Abschiedsbrief gefunden und dann beiseite geschafft hat. Der Brief ist ja nie irgendwo aufgetaucht, denn dann hätten alle gewusst, dass Frau Satt nicht entführt wurde.«

»Und wer kann das gewesen sein?«, fragte ich.

»Wann genau sind Sie denn gegangen?«, fragte Amanda Frau Satt.

»Als ich mit meinem Koffer durch die Halle ging, hörte ich noch Stimmen aus der Bibliothek.«

Amanda nickte. »Das dachte ich mir. Also könnte jeder, der in dieser Nacht in Ihrem Haus geschlafen hat, in Ihr Zimmer gegangen sein und den Brief gefunden haben.«

»Die Sachen, die gestohlen wurden!«, rief ich. »Also ist doch etwas von Frau Satt gestohlen worden! Der Brief!«

Amanda stand auf und lief durch das Zimmer, gefolgt von Sister X.

»Ich wusste immer, dass die Sache mit der Vogelscheuche und die Entführung etwas miteinander zu tun haben«, sagte sie nach einer Weile. »Nur was?«

»Vogelscheuche?«, fragte Frau Satt. »Was meinen Sie damit?«

»Das erkläre ich Ihnen später. Nun müssen wir uns zuerst einmal um Ihren angeblichen Entführer kümmern.«

»Das war bestimmt Herr Satt!«, rief Blümchen.

»Er hat sicher ein Motiv«, sagte Amanda. »Er hat kein Geld mehr und die Schokoladenbonbonfabrik steht vor der Pleite. Aber er konnte die Sachen nicht aus den Zimmern gestohlen haben. Er war die ganze Zeit über bei uns! – Doch es gibt noch jemanden mit einem Motiv! – Darf ich einmal das Telefon benutzen, Frau Satt?«

Ohne eine Antwort abzuwarten, lief Amanda zu dem Apparat und blätterte im Telefonbuch herum.

»Aha! Da haben wir sie ja«, rief sie dann und wählte eine Nummer.

»Hallo? Walter, sind Sie es? – Hier spricht Amanda X. Wann könnten Sie an der Pferderennbahn sein? – Das erkläre ich Ihnen später. Wir dürfen keine Zeit verlieren! – In zwanzig Minuten? Das ist gut. Dann treffen wir uns dort! Bis gleich!«

Bella Satt sah Amanda verständnislos an. »Könnten Sie mir vielleicht erklären –«

»Später«, unterbrach Amanda sie. »Rufen Sie bitte Herrn Liebherr an und bitten ihn nach Hause zu kommen. Warten Sie dann bitte beide hier, bis wir uns wieder melden. Erzählen Sie ihm aber nicht am Telefon von unserem Besuch. Man kann nie wissen. Und wir fahren jetzt zur Pferderennbahn. Vielleicht gibt Sister X mir ja einen guten Tipp und ich gewinne ein paar Mark!«

* 12 *

Die Trabrennbahn liegt etwas außerhalb der Stadt. Als wir mit Bubi angeknattert kamen, wartete Walter schon auf uns.

»Was ist denn los?«, fragte er Amanda. »Warum hatten Sie es so eilig?«

»Es geht um Beatrice. Ihr Kollege, der hier an der Rennbahn sein Wettbüro hat, kennt sie doch.«

Walter nickte. »Ja, ziemlich gut sogar. Das hat er jedenfalls gesagt.«

»Könnten wir wohl mal mit ihm sprechen?«, fragte Amanda.

»Sicher«, sagte Walter. »Kein Problem.«

Ich war zum ersten Mal in meinem Leben auf einer Pferderennbahn. Ich fand es echt spannend. Obwohl es mitten in der Woche war, waren viele Leute dort. Sie standen an der Bahn und fieberten mit ihren Favoriten mit, sahen sich die Pferde an oder kritzelten etwas in Zeitungen, die viele von ihnen mit sich herumtrugen.

»Das sind Rennzeitungen«, erklärte Walter uns. »Da steht alles über die heutigen Rennen drin, die Pferde, die

Jockeys, einfach alles. Ohne diese Zeitung wären die meisten Wettenden aufgeschmissen.«

Im Wettbüro, in das Walter uns führte, war noch mehr Betrieb als auf der Rennbahn selbst. Überall standen Fernseher, auf denen die Rennen übertragen wurden. Davor standen Leute, meistens in Grüppchen zusammen, und diskutierten, feuerten die Pferde an oder kritzelten auch in ihren Rennzeitungen herum.

Kaum hatten wir das Wettbüro betreten, kam ein Mann auf uns zu.

»Das ist mein Kollege Gerd«, raunte Walter uns zu.

»Hallo, Walter!«, rief der Mann. Sein Gebiss hätte jedem Pferd alle Ehre gemacht. »Schön, dich mal wieder zu sehen. Wie gehen die Geschäfte?«

»Hallo, Gerd. Es geht so«, meinte Walter. »Das ist übrigens Amanda, von der ich dir schon erzählt habe, und die beiden Mädchen sind Ricki und Blümchen.«

»Aha«, sagte Gerd. »Die Zauberin.«

»Hellseherin, Medium und Geisterbeschwörerin«, verbesserte Amanda. »Und das ist mein Medium Sister X. Es ist außerirdisch.«

»Soso«, meinte Gerd nur. »Am besten wir gehen in mein Büro.«

Wahrscheinlich hatte Gerd jeden Tag mit verrückten Typen zu tun. Jedenfalls schien er sich über die Anwesenheit von Sister X nicht zu wundern.

Sein Büro bestand aus einem Papierchaos, in dessen Mitte ein Schreibtisch mit einem Telefon darauf stand.

»Ihr interessiert euch also für diese verrückte Alte?«, fragte Gerd, als wir alle irgendwo einen Sitzplatz gefunden hatten.

»Warum ist sie verrückt?«, fragte Amanda ihn.

»Sie ist eine Zockerin.«

»Auweia«, sagte Walter nur.

»Was ist denn eine Zockerin?«, wollte Blümchen wissen.

»Siehst du, es gibt drei Arten von Leuten, die auf Pferde wetten«, sagte Walter. »Da sind einmal die Touristen. Die sind harmlos. Die kommen mal vorbei, setzen etwas Geld, und wenn sie Glück haben, gewinnen sie ein paar Mark. Und dann gibt es die Profis. Die meisten haben viel Ahnung von Pferden. Manche beschäftigen sich mit nichts anderem. Wenn die wetten, wissen sie genau, was sie tun. Und mit etwas Glück können sie viel dabei gewinnen.«

»Und uns arm machen«, grinste Gerd.

»Ja, und dann sind da noch die Zocker. Die haben meist keine Ahnung von Pferden. Denen geht es nur ums Spielen. Die brauchen den Nervenkitzel, verstehst du? Die setzen oft viel Geld auf Außenseiter in der Hoffnung, einmal den dicken Gewinn einzustreichen, aber die meisten verlieren nur. Und trotzdem kommen sie immer wieder, bis sie kein Geld mehr haben.«

»Und so jemand ist Beatrice auch?«, fragte ich.

»Sie war es zumindest«, sagte Gerd. »Sie war schon seit einer ganzen Weile nicht mehr hier. Vor ein paar Tagen war sie mal da und hat einen Teil ihrer Schulden bezahlt. Aber es steht immer noch eine ganze Menge aus. Kommt die jetzt etwa zu dir, Walter?«

Der schüttelte den Kopf. »Nein, es geht um ganz etwas anderes. Eine schlimme Sache. Entführung und so.«

Der Mann mit dem Pferdegesicht riss die Augen auf und bleckte sein Gebiss, wie die Pferdeexperten sagen. »Entführung? Seid ihr verrückt? Und da kommt ihr hierher? Ich will da nicht mit hineingezogen werden! Versteht ihr?«

»Keine Angst«, beruhigte Amanda ihn. »Es geht nur um sie. Sie lassen wir aus dem Spiel.«

»Na, hoffentlich«, brummte Gerd.

»Wie viel hat sie denn bezahlt?«, fragte Amanda.

»Zweitausend Mark. Tausend fehlen aber immer noch.«

Amanda sah uns an.

»Zweitausend Mark!«, rief Blümchen. »So viel ist Herrn Liebherr an dem Abend bei den Satts doch gestohlen worden!«

Amanda nickte. »Genau. Wollen doch mal sehen, was Beatrice dazu zu sagen hat. Könnten Sie sie anrufen und unter einem Vorwand hierher locken?«, fragte sie Walters Kollegen.

Der sah Hilfe suchend zu Walter.

»Na ja, ich könnte ihr mit der Polizei drohen, wenn sie nicht bezahlt«, sagte er, als Walter ihm zunickte. »Dann kommt sie bestimmt. Aber mich lassen Sie da raus! Klar?«

»Klar«, sagte Walter. »Nun mach dir mal nicht ins Hemd und ruf sie schon an.«

Mit einem Blick auf Amanda und Sister X ging der Mann mit dem Pferdegesicht brummend hinaus.

Schon ein paar Augenblicke später kam er wieder herein. »Sie kommt. Ich glaube, ich habe ihr ganz schön Angst gemacht. Als ich die Polizei erwähnte, ist sie fast durchgedreht.«

»Das kann ich mir vorstellen«, sagte Amanda nur.

»Könnte es nicht auch sein, dass Frau Satt und Herr Liebherr hinter der Erpressung stecken?«, fragte ich Amanda, während wir auf Beatrice warteten.

»Genau!«, rief Walter, dem wir mittlerweile auch von unserem Besuch bei Frau Satt erzählt hatten. »Vielleicht brauchte sie ja das Geld, um mit diesem Liebherr ein neues Leben anzufangen.«

»Das wäre zwar möglich, aber ich glaube es nicht«, sagte Amanda. »Ich verlasse mich auf Sister X.«

»Auf das Schaf?«, rief Gerd.

»Allerdings. Sie ist gleich auf Frau Satt zugegangen, als wir sie vor der Wohnung getroffen haben. Außerdem hat sie Frau Satt geraten ihren Mann zu verlassen. Das macht Sister X nur mit guten Menschen. Sie hat sich noch nie geirrt. Zaubergalaktisch!«

Gerd schluckte und sah Walter an. »Aber wenn ihr mit dieser Beatrice fertig seid, geht ihr doch wieder, oder?«

Ein paar Minuten später kam ein Mann mit einem Bleistift hinter dem Ohr ins Büro.

»Da will dich jemand sprechen, Gerd«, sagte er. »Ich glaube, das ist diese Zockerin, die uns das Geld schuldet.«

Gerd ging zur Bürotür und spähte hinaus.

»Das ist sie!«, rief er.

»Bringen Sie sie bitte ins Büro«, sagte Amanda. »Den Rest übernehmen wir.«

»Und was ist mit den Kindern?«, fragte Gerd. »Ist das nicht zu gefährlich für sie?«

»In dieser Hinsicht ist sie harmlos«, sagte Amanda. »Sie ist nur gerissen, wenn es überhaupt ihr Plan war.«

»Meinetwegen. Sie müssen es ja wissen«, sagte Gerd mit einem Seitenblick auf Sister X.

Nur wenig später öffnete sich die Bürotür und Gerd kam wieder herein. Hinter ihm hörten wir die Stimme von Beatrice: »Ich verspreche Ihnen, dass Sie das Geld in den nächsten Tagen bekommen. Ich habe Ihnen doch schon –«

Beatrice stockte mitten im Satz, als sie uns erkannte.

»Was, was hat das zu bedeuten?«, stammelte sie.

Amanda lächelte sie freundlich an. »Kommen Sie erst einmal herein, Beatrice. Sister X und ich haben einige Fragen an Sie.«

Die Haushälterin von Herrn Satt wollte noch etwas sagen, aber dann sackte sie zusammen, als hätte jemand die Luft aus ihr herausgelassen.

»Sie kommen von Herrn Satt, stimmt's?«, fragte sie dann. »Er hat es Ihnen erzählt!«

»Was soll er uns denn erzählt haben?«, fragte Amanda immer noch sehr freundlich.

»Dass ich eine Spielerin war!«, schrie Beatrice. »Dabei hat er mir doch fest versprochen nichts zu verraten, wenn ich ihm helfe!«

»Aha!«, rief Amanda, stand auf, drückte Beatrice auf ihren Stuhl und baute sich vor ihr auf. Sister X stellte sich gleich neben sie.

»Was wollen Sie von mir?«, fragte Beatrice mit zitternder Stimme, ohne Sister X aus den Augen zu lassen.

»Die Wahrheit, liebe Beatrice. Nur die Wahrheit«, sagte Amanda. »Sie sollten nicht mehr lügen. Sister X würde es sofort merken.«

Beatrice nickte heftig. »Ich werde nicht lügen. Bestimmt nicht! Jetzt ist sowieso schon alles egal. Aber halten Sie mir dieses unheimliche Schaf vom Leib!«

»Sicher. – Solange Sie die Wahrheit sagen.«

Beatrice holte tief Luft. »Es war kurz nachdem Herr Satt dem gnädigen Herrn – ich meine Graf Bollerstein – das Haus abgekauft hat. Herr Satt hat irgendwie herausgefunden, dass ich Spielschulden habe. Er hat mir gesagt, dass er es nicht an die große Glocke hängt, wenn ich weiter bei ihm arbeite – für den halben Lohn.«

»So ein Schuft!«, rief Blümchen.

»Ja, mein Kind, das ist er wirklich. Es ging auch alles gut, bis vor ein paar Wochen. Es war kurz nachdem Sie den Schmuck wiederbeschafft hatten. Da ist er zu mir

13. MAI
2000
BRENNBAHN
MBURG

gekommen und hat mir gesagt, dass ich ihm einen kleinen Gefallen tun soll.«

»Lassen Sie mich raten«, unterbrach Amanda sie. »Sie sollten an dem Abend, als wir bei Ihnen zu Besuch waren, Kleidungsstücke aus unseren Zimmern holen und sie dann einer Vogelscheuche anziehen.«

»Woher wissen Sie das?«, rief Beatrice.

»Das war nicht mehr schwer zu erraten. Waren Sie auch dieser Poltergeist, der Ricki und Blümchen in Angst und Schrecken versetzt hat?«

Beatrice sah auf den Boden und nickte. »Das gehörte alles zu seinem Plan. Ich habe ihn gefragt, warum ich das machen solle, aber er hat nur gelacht und gesagt, ich solle nicht so viel fragen, sonst würde er mir kündigen und dafür sorgen, dass ich nirgendwo mehr eine Anstellung bekäme.«

»Ich verstehe. Und dann haben Sie die zweitausend Mark in der Hose von Herrn Liebknecht entdeckt. Da war die Versuchung zu groß, stimmt's?«

Wieder nickte Beatrice. Ihr standen schon Tränen in den Augen. »Ich habe doch immer noch so viele Schulden! Herr Satt war auch furchtbar wütend, aber er konnte mich ja nicht verraten, sonst wäre sein ganzer Plan aufgeflogen.«

»Und das war alles?«, fragte Walter. »Nur dieser Quatsch mit der Vogelscheuche?«

»Zuerst ja. Ich hatte gehofft nun Ruhe vor ihm zu haben. Aber dann musste ich zu diesem Mann und ihm sagen, er solle Besorgungen für mich machen.«

»Der Vertreter!«, rief ich. »Sie waren das! Haben Sie ihn auch in dem Restaurant getroffen?«

»Ja! Es war richtig unheimlich! Ich sollte ihm sagen, dass er zu einem bestimmten Papierkorb im Park gehen, eine weiße Plastiktüte mit einem roten Klebestreifen herausholen und sie mir zurückbringen solle. Ich habe noch fast zwei Stunden in dem Restaurant auf ihn gewartet. Aber er ist nicht mehr gekommen! Das müssen Sie mir glauben!«

Wir alle wussten, warum. Beatrice hatte augenscheinlich keine Ahnung, worum es gegangen war.

»Also hat Herr Satt den Abschiedsbrief seiner Frau verschwinden lassen und dann als Entführer angerufen?«, fragte Blümchen.

»Genau so war es!«, rief Amanda. »Dieser Ernst Satt ist wirklich ein schlauer, hinterhältiger Fuchs! Er wusste, dass Herr Kaminski den Vertreter beobachtete. Das hatten wir ihm selbst erzählt. Also benutzte er ihn als Lockvogel. Damit schlug er zwei Fliegen mit einer Klappe. Er bekam das Lösegeld und wurde gleichzeitig uns los. Herr Kaminski war ja schon einmal von der Polizei verdächtigt worden. Auch das wusste er.«

»Aber er konnte nicht wissen, dass seine Frau an dem Abend weglaufen würde«, erwiderte Walter. »Wie konnte er dann die angebliche Entführung planen?«

Amanda schüttelte den Kopf. »Die hat er auch nicht geplant. Das war Zufall. Eine günstige Gelegenheit. Sein ursprünglicher Plan hatte mit der angeblichen Entführung nichts zu tun.«

»Welchen Sinn soll es haben, irgendwelchen Kram aus verschiedenen Zimmern zu stehlen und dann an eine Vogelscheuche zu hängen?«, fragte Walter.

»Es waren nicht *irgendwelche* Sachen«, sagte Beatrice plötzlich. »Herr Satt hat mir gesagt, dass ich Sachen nehmen soll, mit denen man eine Vogelscheuche anziehen kann. Welche, war ihm egal – außer die Jacke von Herrn Riese. Die sollte ich unbedingt nehmen. Das hat er mir ein paar Mal gesagt, sogar noch kurz vor dem Abendessen!«

Amanda sah Beatrice mit großen Augen an. »Ich Idiot!«, rief sie. »Warum bin ich nur nicht früher darauf gekommen? Ricki, Blümchen, Sister X! Wir müssen sofort los! Wir dürfen keine Zeit verlieren!«

* 13 *

»Wo wollt ihr denn hin?«, rief Walter uns nach. »Und was machen wir mit Beatrice?«

»Die könnt ihr nach Hause schicken! Sie ist bestraft genug!«, rief Amanda zurück. »Und gehen Sie bitte zu uns nach Hause und erzählen Herrn Kaminski alles! Wir melden uns!«

»Wir müssen sofort zu Herrn Riese!«, rief Amanda, während wir auf Bubi stiegen. »Hoffentlich ist es noch nicht zu spät!«

Wir saßen kaum, da brauste Amanda auch schon los.

»Was wollen wir denn bei Herrn Riese?«, brüllte ich gegen Bubis Knattern an.

»Ihm klarmachen, dass sein toller Schwiegersohn ein Schuft ist!«, brüllte Amanda zurück. »Hoffentlich ist er zu Hause!«

Wir hatten Glück. Gleich nach dem ersten Läuten öffnete Herr Riese.

»Frau Amanda!«, rief er atemlos. »Wissen Sie etwas über meine Tochter? Ist sie wieder da? – Oder ist etwa etwas Schlimmes –«

Amanda nahm seinen Arm. »Es geht ihr gut. Sie brauchen sich keine Sorgen mehr um sie zu machen.«

Herr Riese fasste sich an die Brust. »Gott sei Dank. Sie können sich nicht vorstellen, was ich durchgemacht habe. Wo ist sie denn? Ist sie schon bei Ernst? Weiß er überhaupt Bescheid?«

»Lassen Sie uns hineingehen«, sagte Amanda. »Bei dem, was ich Ihnen zu erzählen habe, sollten Sie sitzen.«

Herr Riese sprang auf. »Nein! Nein! Das ist unmöglich! Das kann ich einfach nicht glauben!«, rief er, als Amanda ihm, so schonend es ging, die Wahrheit beigebracht hatte. Dann ließ er sich wieder in seinen Sessel fallen.

»Ich brauche jetzt einen Cognac!«, rief er.

»Ich hole ihn«, sagte Amanda. »Wo steht er denn?«

Amanda brachte die Flasche und ein Glas. Als sie etwas ins Glas schütten wollte, riss Herr Riese ihr die Flasche aus der Hand und trank einen großen Schluck daraus.

»Ernst. Mein eigener Schwiegersohn«, sagte er dann. »Sind Sie sich wirklich sicher?«

Amanda nickte. »Wir haben mehr als genügend Beweise. Wenn Sie wollen, rufen Sie im Wettbüro an. Vielleicht ist Beatrice noch dort.«

Herr Riese schüttelte den Kopf. »Ich rufe Ernst an! Er soll es mir ins Gesicht sagen!«

Er sprang auf und lief zum Telefon.

»Findest du das gut?«, flüsterte ich Amanda zu. »So wird er doch gewarnt.«

»Keine Angst«, sagte Amanda. »Er wird ihn nicht erreichen.«

Kurz darauf kam Herr Riese wieder. »Er ist nicht da! Seine Sekretärin hat gesagt, sie habe ihn gestern Morgen das letzte Mal gesehen. Wo er ist, wisse sie auch nicht. Sie hätte sich nur darüber gewundert, dass er anscheinend alle wichtigen Unterlagen mitgenommen hat. – Aber ich habe mir auch die Telefonnummer von Herrn Liebherr bei der Auskunft besorgt und dort angerufen. Bella ist tatsächlich beim ihm und es geht ihr gut. Das ist das Wichtigste. Außerdem hat sie bestätigt, dass sie Ernst verlassen hat und nicht entführt wurde. Sie hatte keine Ahnung von alledem.«

Herr Riese raufte sich die Haare. »Ich verstehe das nicht! Warum hat er das getan? Er hatte doch alles! Eine wunderschöne Frau und eine Firma, der es gut geht!«

»Ach, Herr Riese«, unterbrach Amanda ihn. »Ich glaube, es ist besser, Sie setzen sich wieder hin. Das war leider noch nicht alles.«

Als Amanda mit dem zweiten Teil ihres Berichts fertig war, nahm Herr Riese die Cognacflasche vom Tisch und trank einen zweiten Schluck daraus. »Und der Asienauftrag? Alles Schwindel?«, fragte er entgeistert.

»Es sieht so aus. Jedenfalls sagt das Herr Liebherr. Und der scheint ja auch etwas von dem Geschäft zu verstehen.«

Herr Riese nickte. »Ein guter Junge. Habe ich immer gesagt. Sehr moderne Ideen, zu modern vielleicht. – Und Bella liebt ihn?«

»Es sieht ganz so aus. Sonst hätte sie sicher nicht alles stehen und liegen gelassen, um mit ihm fortzugehen. Und sie scheint mehr über die Fabrik zu wissen als Sie!«

»Glauben Sie mir, Frau Amanda«, sagte Herr Riese leise. »Ich habe in meinem Leben noch nie so viel Angst gehabt wie in den letzten beiden Tagen. Und ich hatte jede Menge Zeit nachzudenken. Ich habe viele Fehler gemacht, was meine Familie betrifft, aber ich will sie wieder gutmachen, so weit ich es kann.«

»Hast du mal ein Taschentuch?«, flüsterte Blümchen mir zu. Ich gab es ihr und nahm mir selber auch eines.

Amanda holte tief Luft. »So, und nun kommt der dritte Teil.«

»Noch mehr?«, rief Herr Riese und griff nach der Flasche. Amanda nahm sie ihm aus der Hand.

»Wo ist das Geheimrezept?«, fragte sie ihn.

Herr Riese sah sie verständnislos an. »Wo soll es schon sein? Da, wo es immer ist!«

»Können Sie es mir bitte zeigen?«

Herr Riese sah Amanda skeptisch an.

»Ich will es nicht lesen«, sagte sie. »Ich will nur wissen, ob es noch da ist.«

Herr Riese stand auf. »Kommen Sie mit.«

Er führte uns in den Keller in einen Raum, der wie eine große Küche eingerichtet war. Alles war blitzblank.

»Guck mal«, sagte Blümchen plötzlich. »Pralinen!«

Tatsächlich! Auf einem Blech lagen, sauber aufgereiht, wunderschöne Pralinen, die nur danach riefen, gegessen zu werden.

»Greift ruhig zu«, sagte Herr Riese. »Ich bin auch Konditor, wie mein Großvater. Und ab und zu mache ich noch etwas, um nicht ganz aus der Übung zu kommen.«

Blümchen und ich ließen uns das nicht zweimal sagen. Die Pralinen schmeckten zwar nicht ganz so gut wie Gummibärchen, aber trotzdem zaubergalaktisch, wie Amanda sagen würde.

Herr Riese machte sich in einer Ecke der Küche an der Wand zu schaffen. Plötzlich bewegten sich zwei Steine und gaben eine Art Geheimfach frei.

»Hier in diesem Fach liegt das Rezept, seit mein Großvater – Nein! Das darf nicht wahr sein!«

»Es ist weg, stimmt's?«, sagte Amanda trocken.

»Ja, zum Donnerwetter! Woher wissen Sie das?«

»Weil das der Plan Ihres Schwiegersohns war. Er hat diesen ganzen Hokuspokus mit den verschwundenen Sachen veranstaltet. Damit wollte er uns von dem ablenken, was er eigentlich geplant hatte.«

»Was denn?«, fragte Blümchen mit vollem Mund.

»Herrn Rieses Schlüssel! Er hat wahrscheinlich zuerst einen Abdruck davon und dann einen Nachschlüssel gemacht. Er wollte an das Rezept, um es der Konkurrenz in Asien zu verkaufen.«

»Was?«, rief Herr Riese. »Das darf doch wohl nicht wahr sein! Woher wissen Sie das?«

»Ich vermute es nur«, antwortete Amanda. »Ihre Tochter hat uns gesagt, dass Sie schon einmal ein Angebot abgelehnt haben.«

Herr Riese nickte. »Diese Leute aus Asien waren ganz

verrückt nach unserem Geheimrezept. Dort liebt man solche Traditionen und Rituale noch viel mehr als hier. Aber ich wollte es ihnen nicht verkaufen. Das war ich meinem Großvater und meinem Vater schuldig.«

»Das wusste Herr Satt auch«, sagte Amanda. »Darum hat er das Rezept gestohlen.«

Herr Riese schlug sich mit der flachen Hand vor die Stirn. »Darum auch dieses Theater um den Smoking. Er hat gesagt, dass ich unmöglich darin aussähe, weil ich zugenommen hätte. Auf gar keinen Fall dürfe ich noch etwas in diese Wurstpelle stecken, hat er auch noch gesagt.«

»Damit wollte er sichergehen, dass der Schlüssel während des Essens in Ihrem Zimmer bleibt. All die anderen Sachen, die verschwanden, das nächtliche Geheule und Gepolter, die Vogelscheuche – alles nur Ablenkungsmanöver. Wenn er nur den Schlüssel gestohlen hätte und es Ihnen aufgefallen wäre, hätten sie bestimmt gleich ein neues Schloss einbauen lassen. Aber so konnte er es als schlechten Scherz darstellen.«

»Ehrlich gesagt, habe ich gedacht, dass Sie dafür verantwortlich sind«, sagte Herr Riese zu Amanda. »Um meinem Schwiegersohn wegen seiner abfälligen Bemerkungen eins auszuwischen.«

»Das haben wohl fast alle gedacht«, sagte Amanda. »Und das ärgert mich am meisten. Auch ich war Teil seines Plans. Er brauchte mich, um diesen ›Streich‹ zu spielen, von dem dann alle glauben sollten, dass ich dahinter stecke.«

»Und die angebliche Entführung?«, fragte Herr Riese.

»Die war nicht geplant. Aber als ihre Tochter ihm in ihrem Abschiedsbrief mitteilte, dass sie ihn verlassen würde, ist er wohl gierig geworden. Er wollte nicht nur Ihr Rezept, sondern auch Ihr Geld. Die Lösegeldsumme war so hoch, dass Sie sie gerade noch bezahlen konnten.«

Plötzlich lachte Herr Riese auf. »Dieser Idiot! Dieser Hornochse! So ein toller Plan! So viel Aufwand! Und alles nutzt ihm nichts!«

»Was nutzt ihm nichts?«, fragte Amanda. »Das Geld?«

»Das leider schon. Aber das Rezept nicht. Es gibt nämlich noch ein Geheimnis um das Geheimrezept. Wenn man es so anwendet, wie es auf dem Pergament steht, schmecken die Bonbons wie Hühnerka... – sie sind ungenießbar.«

»Wieso denn das?«

»Mein Großvater war ein sehr kluger Kopf«, sagte Herr Riese stolz. »Das Rezept ist so eine Art Code. Die Zutaten stehen in der falschen Reihenfolge und mit den falschen Mengen darauf. Erst wenn man weiß, wie man es lesen muss, macht es einen Sinn.«

»Und wo ist dieser Code?«

Herr Riese tippte sich an seine Stirn. »Hier drin. Und in meinem Testament, falls mir etwas passiert, bevor ich Bella einweihen kann. Und das Testament liegt sicher beim Gericht. Bella und Ernst kannten zwar das Geheimfach hier, doch von dem Code wissen beide nichts.«

»Aber noch hat Herr Satt keine Ahnung, dass das Rezept wertlos ist«, sagte Amanda. »Er wird auf jeden Fall versuchen damit zu verschwinden, um es der Konkurrenz zu verkaufen. Die Frage ist nur, wohin genau will er sich absetzen?«

»Ist doch klar!«, rief ich. »Nach Asien!«

»Asien ist groß«, erwiderte Amanda. »Außerdem wissen wir nicht, wann sein Flugzeug geht.«

»Normalerweise hat er seine Flugreisen immer von seiner Sekretärin buchen lassen«, sagte Herr Riese, »aber das hat er dieses Mal bestimmt nicht riskiert. Wahrscheinlich hat er sich das Ticket in einem Reisebüro geholt.«

»Ich weiß es!«, rief Blümchen plötzlich und verschluckte sich an einer Praline.

»Was weißt du?«, fragte Amanda sie, als sie mit dem Husten fertig war.

»Das Reisebüro!«, rief sie. »Der Vertreter ist doch in ein Reisebüro gegangen! Und er hat zur Polizei gesagt, dass er für die Frau, also für Beatrice, Einkäufe machen musste. Vielleicht hat er ja auch das Flugticket besorgt!«

Amanda strahlte meine beste Freundin an. »Klasse, Blümchen!«

Blümchen strahlte zurück und ich war echt stolz auf sie!

»Wisst ihr noch, wo das Reisebüro ist?«

»Klar!«, rief ich.

»Na, dann nichts wie los!«

»Soll ich mitkommen?«, fragte Herr Riese.

Doch ihn wollte Amanda nicht dabeihaben. Sie kramte einen Zettel aus ihrer Tasche und schrieb etwas darauf.

»Hier, das ist meine Telefonnummer. Rufen Sie bitte dort an und informieren Herrn Kaminski. Und der soll mit der Polizei zum Flughafen kommen. – Und dann gehen Sie zu Ihrer Tochter. Sie wollen sie doch bestimmt so schnell wie möglich sehen.«

nicht mehr lange Zeit. Vielen Dank, mein Fräulein. Sie haben uns sehr geholfen.«

»Das Schaf wird Ihr Sohn aber nicht mehr mitnehmen können!«, rief uns die junge Frau nach.

»Mein Sohn nimmt es auf den Schoß!«, rief Amanda zurück.

Wie immer fand ich die Fahrt auf Amandas Bubi aufregend. Jetzt natürlich noch viel mehr. Wir hatten nur noch wenig Zeit, trotzdem fuhr Amanda sehr vorsichtig, wahrscheinlich weil wir dabei waren. Meinetwegen hätte sie ruhig etwas schneller fahren können.

Auf dem Weg zum Flughafen kamen wir an einem Zirkus vorbei. Mir waren die Plakate schon einige Tage zuvor in der Stadt aufgefallen. Dort hatte Ernst Satt wohl auch die Kristallkugel für Amanda gekauft.

»Guck mal! Der Zirkus!«, rief ich Blümchen zu.

Sie nickte nur und sah zu dem großen Zelt. Es war nicht schwer zu erraten, woran sie dachte. Wer weiß, vielleicht war ja der Zirkus der richtige Ort, um mit der Suche nach Mama und Blümchens Papa zu beginnen.

Amanda parkte Bubi direkt vor dem Haupteingang des Flughafens. Ich spürte deutlich die Blicke der anderen Fluggäste auf uns gerichtet, als wir mit Sister X durch die große Flughafenhalle rannten.

»Seht ihr die Polizei oder Herrn Kaminski irgendwo?«, fragte uns Amanda.

Wir sahen uns nach allen Seiten um, aber weder von Papa noch von der Polizei war etwas zu sehen.

»Dann müssen wir die Sache halt selbst in die Hand nehmen«, sagte Amanda. »Als Erstes müssen wir wissen, von welchem Flugsteig aus der Flug nach Rio geht.«

Wir liefen zu der großen Anzeigetafel am Ende der Halle. Es ging nur ein Flug um achtzehn Uhr nach Brasilien. »Flugsteig B 12«, las Amanda vor. Dann sah sie sich um und steuerte auf einen Schalter mit der Aufschrift »Information« zu.

»Rufen Sie von hier aus auch Fluggäste aus?«, fragte sie die Frau an dem Schalter.

»Ja, wen soll ich ausrufen?«

»Horst Kaminski. Bitte sagen Sie, dass er zum Flugschalter B 12 kommen soll. Sein Schaf wartet dort auf ihn.«

»Sein Schaf?«

»Ja, das hier«, sagte Amanda und zeigte auf Sister X. »Er hat es vergessen.«

Die Frau zuckte mit den Schultern und schrieb auf, was Amanda gesagt hatte.

»Und wiederholen Sie die Ansage bitte alle zwei Minuten, bis achtzehn Uhr – danach ist sowieso alles egal«, sagte sie zu sich selbst.

Geführt von den Hinweisschildern rannten wir durch die Gänge des Flughafens in Richtung Flugschalter B 12, bis wir an einen Schalter kamen, über dem ein großes Schild hing. »Bitte Flugscheine bereithalten«, stand darauf.

Amanda kümmerte sich nicht darum, sondern lief an

dem uniformierten Mann, der die Tickets kontrollierte, vorbei.

»Halt!«, rief er ihr nach. »Ihren Flugschein bitte!«

»Ich will gar nicht fliegen«, entgegnete Amanda.

»Dann dürfen Sie hier auch nicht durch. Nur für Fluggäste gestattet.«

»Es ist aber ein Notfall!«, rief Amanda. »Mein Sohn wartet auf sein Schaf!«

»Es ist mir egal, worauf Ihr Sohn wartet. Sie kommen hier nicht durch!«

»Ich will aber!«

»Herr Horst Kaminski, bitte zu Flugsteig B 12! Ihr Schaf wartet dort auf Sie!«, schallte es in dem Augenblick aus den Lautsprechern.

»Sehen Sie!«, rief Amanda. »Das gilt uns! Das hier ist das Schaf!«

Der Mann in Uniform beugte sich zu Amanda herunter. »Entweder Sie gehen jetzt oder ich muss unsere Sicherheitskräfte holen.«

»Ja, bitte!«, rief Amanda. »Die brauchen wir!«

Der Mann schnaufte laut, drehte sich um und griff zum Telefon.

»Die Kollegen von der Sicherheit kommen gleich«, sagte er dann. »Aber es kann etwas dauern. Sie haben gerade viel zu tun.«

Amanda sah auf ihre Uhr. »Nur noch ein paar Minuten. Das wird knapp!«

»Vielleicht kommt Papa ja gleich«, sagte ich, mehr um Amanda zu trösten, als dass ich selbst daran glaubte.

»Nein, nein«, sagte Amanda. »Wir müssen uns selbst helfen.«

Sie beugte sich zu Sister X herunter und flüsterte ihr etwas ins Ohr. Ohne zu zögern, lief Amandas Schaf an dem Schalter mit dem uniformierten Mann vorbei. Zu meiner Überraschung sah er es nicht. Kurz darauf war Sister X zwischen den vielen Leuten verschwunden.

»Was hast du ihr ins Ohr geflüstert?«, frage ich Amanda.

»Fass!«

»Fass?«, fragte Blümchen. »Aber Sister X ist doch kein Hund, sondern ein Schaf!«

»Aber ein intelligentes«, gab Amanda zurück. »Das hast du vorhin ja gehört. Sie versteht auch Hundesprache.«

»Und woher soll sie wissen, was oder wen sie fassen soll? Oder hast du ihr das auch gesagt?«

Amanda sah mich erstaunt an. »Das musste ich nicht. Sie war doch die ganze Zeit dabei. Also weiß sie auch, um wen es geht: Ernst Satt, Flugsteig B 12, auf dem Weg nach Brasilien.«

Darauf konnten weder Blümchen noch ich etwas sagen. Wir konnten nur noch abwarten und darauf hoffen, dass ihr Plan klappte. Aber so, wie wir Amanda kannten, durften wir uns bei ihr eigentlich über gar nichts mehr wundern.

»Da ist Kommissar Pauer!«, rief Blümchen plötzlich. »Und dein Papa!«

Endlich waren sie da! Dieses Mal war es einfach, an

dem uniformierten Mann vorbeizukommen. Die Polizeiuniformen und der Ausweis von Kommissar Pauer reichten. Wir kamen sogar ohne Probleme durch die Passkontrolle.

Schon von weitem sahen wir, dass an Flugsteig B 12 etwas Aufregendes passiert sein musste. Leute rannten wie wild durcheinander und es herrschte ein ziemliches Geschrei.

»Was ist hier los?«, fragte Kommissar Pauer eine Frau, die auch eine Uniform trug. Wahrscheinlich gehörte sie zu der Fluggesellschaft.

»Was geht Sie das an?«

Er zeigte ihr seinen Ausweis.

»Ach so. Es ist völlig verrückt!«, rief die Frau. »Wir wollten gerade die Türen schließen, da kam plötzlich ein Schaf angelaufen! Stellen Sie sich vor, es trug eine Sonnenbrille!«

»Aha«, sagte Herr Pauer ungerührt. Er kannte Sister X ja. »Und dann?«

»Dann, dann ist dieses Schaf einfach an uns vorbei, durch die Türen, bis ins Flugzeug gelaufen. Und da hat es sich – ich glaube es einfach nicht! Alle Passagiere kamen plötzlich wieder herausgerannt!«

»Nun beruhigen Sie sich«, sagte Amanda. »Sister X ist zwar außerirdisch, aber sie tut niemandem etwas.«

»Außerirdisch?«, kreischte die Frau. Dann sah sie sich plötzlich um und lachte laut auf. Ich dachte, sie wäre durchgedreht.

»Sie sind vom Fernsehen, stimmt's?«, rief sie dann.

»›Versteckte Kamera‹ oder so was. Wo ist die Kamera? Wo ist sie? – Huhu! Mama! Papa! Berthold! Ich bin im Fernsehen!«

»Wir sind nicht vom Fernsehen, sondern von der Polizei«, schnaufte Kommissar Pauer. »Hätten Sie jetzt bitte die Güte …«

»Polizei! Das kann ja jeder sagen. Die vom Fernsehen verkleiden sich immer als Polizisten! Das habe ich schon gesehen. Huhu!«

Herr Pauer winkte ab. »Ich sehe mir das jetzt selber an«, sagte er dann und lief auf den Durchgang zu, der zum Flugzeug führte.

Amanda, Papa, Blümchen und ich schlichen schnell hinterher, an der immer noch winkenden Frau vorbei.

Im Cockpit des Flugzeuges saßen die beiden Piloten und sahen uns ziemlich entgeistert an. Sonst war das Flugzeug menschenleer – bis auf Herrn Satt. Ich ärgerte mich, dass ich keinen Fotoapparat dabeihatte. Das Bild hätte ich gern festgehalten. Herr Satt saß mit stocksteifem Rücken auf seinem Sitz, die Hände in die Lehnen gekrallt. Sister X hatte sich mit den Vorderbeinen auf dem Sitz abgestützt und sah ihn durch ihre Sonnenbrille hindurch an. Dabei war ihre Nase von seiner höchstens einen Zentimeter entfernt.

Ich glaube, Herr Satt war froh, als die Polizei ihn abführte und von Sister X befreite. Das Geld und auch das Geheimrezept konnte die Polizei auch gleich mitnehmen. Er hatte beides in seinem Handgepäck.

»Schön, dass Herr Riese sein Geld wiederbekommt«, sagte Amanda. »Vielleicht reicht es ja, um seine Fabrik zu retten.«

»Wenn Bella Satt und Herr Liebherr dabei mithelfen, bestimmt«, sagte Blümchen und schnäuzte in ihr Taschentuch.

»Und was machen Sie in Zukunft, Herr Kaminski?«, fragte Amanda Papa.

Papa sah mich an. Den Blick kannte ich!

»Wenn du willst, dann fang doch ruhig wieder bei der Polizei an. Ich habe dir doch angemerkt, dass es dir keinen Spaß macht, Vertreter zu beobachten und Zeugen zu suchen. Und ehrlich gesagt kann ich dich verstehen. Frau Wolff kommt mit der Detektei sicher auch gut allein klar. Außerdem können wir ihr ja helfen.«

»Herr Pauer wird Ihnen jetzt bestimmt nicht mehr so zusetzen können«, fügte Amanda hinzu.

»Warum?«, fragte Papa.

»Na, schließlich haben Sie ja diesen Fall gelöst. Das hätte Pauer allein nicht geschafft.«

»Er hat nur die Geldübergabe vermasselt!«, rief Blümchen.

»Ich habe den Fall doch gar nicht gelöst, sondern ihr!«

»Das müssen Ihre Kollegen aber doch nicht erfahren, oder?«, sagte Amanda und zwinkerte ihm zu.

»Wir sind ganz schön schlau, weißt du das?«, flüsterte Amanda mir und Blümchen zu, als wir hinter Papa und den Polizisten durch die Halle zum Ausgang liefen.

»Wie meinst du das?«

Amanda grinste von einem Ohr zum anderen. »Na, jetzt, wo dein Papa wieder bei der Polizei ist, kommen wir doch an die richtig interessanten Fälle heran!«

Foto: Berthold Muth

Joachim Friedrich

Einfach zaubergalaktisch! Weitere Amanda-X-Abenteuer

Amanda X – Amanda und die Detektive
208 Seiten mit Illustrationen · ISBN 978 3 522 17352 0

Amanda X – Bella und der Poltergeist
176 Seiten mit Illustrationen · ISBN 978 3 522 17369

Amanda X – Circus Barone & der Fluch des Papageis
192 Seiten mit Illustrationen · ISBN 978 3 522 17412 1

Amanda X – Didi und die flüsternden Pferde
208 Seiten mit Illustrationen · ISBN 978 3 522 17495 4

Amanda X – Eric und das boxende Schaf
192 Seiten mit Illustrationen · ISBN 978 3 522 17566 1

Amanda X – Fee und das Geheimnis des Zauberers
192 Seiten mit Illustrationen · ISBN 978 3 522 17643 9

Amanda X – Gary und das singende Geisterkränzchen
208 Seiten mit Illustrationen · ISBN 978 3 522 17699 6

Amanda X – Herzilein und der knutschende Lehrer
208 Seiten mit Illustrationen · ISBN 978 3 522 17797 9

Amanda X – Ivan und der Buttermilchvampir
192 Seiten mit Illustrationen · ISBN 978 3 522 18034 4

Amanda X – Jasmin und die Jungs in der Damenumkleide
192 Seiten mit Illustrationen · ISBN 978 3 522 18166 2

Zwei Fälle für Amanda X
Sammelband · 384 Seiten mit Illus. · ISBN 978 3 522 17953 9

www.thienemann.de
www.joachim-friedrich.de